MW01705098

UN LIVRE SUR MÉLANIE CABAY

Du même auteur :

Iphigénie en Haute-Ville, roman, L'instant même, 2006 (rééd. poche 2009).
Nous autres ça compte pas, roman, L'instant même, 2007.
Le Vengeur masqué contre les hommes-perchaudes de la Lune, roman, Hurtubise HMH, 2008.
Vie d'Anne-Sophie Bonenfant, roman, L'instant même, 2009.
La nuit des morts-vivants, roman, L'instant même, 2011.
Document 1, roman, L'instant même, 2012 (rééd. poche 2013). Prix littéraire de la Ville de Québec et du Salon international du livre de Québec.
La classe de madame Valérie, roman, L'instant même, 2013.
Sam, roman, L'instant même, 2014.
Cataonie, nouvelles, L'instant même, 2015.
Les Rivières suivi de *Les montagnes. Deux histoires de fantômes,* L'instant même, 2017.

FRANÇOIS BLAIS

Un livre sur Mélanie Cabay

récit

L'instant même

Illustration de la couverture : Josiane Lapointe
Mise en page : Anne-Marie Jacques
Maquette de la couverture : Jean-Marie Lanlo

Distribution pour le Québec : Diffusion Dimedia
539, boulevard Lebeau
Montréal (Québec) H4N 1S2

Distribution pour la France : Distribution du Nouveau Monde

L'instant même
237, rue Louise
Longueuil (Québec) J4J 2T2
info@instantmeme.com
www.instantmeme.com

Dépôt légal – Bibliothèque et Archives nationales du Québec, 2018

Catalogage avant publication de Bibliothèque et Archives nationales du Québec et Bibliothèque et Archives Canada

Blais, François, 1973-, auteur

Un livre sur Mélanie Cabay / François Blais.

Publié en formats imprimé(s) et électronique(s).

ISBN 978-2-89502-406-4

1. Cabay, Mélanie. 2. Crimes non résolus - Québec (Province). 3. Féminicide - Québec (Province). I. Titre.

HV6535.C32Q8 2018b 364.152'309714 C2017-942625-7
C2017-942626-5

L'instant même remercie le Conseil des arts du Canada, le gouvernement du Québec (Programme de crédit d'impôt pour l'édition de livres – Gestion SODEC) et la Société de développement des entreprises culturelles du Québec.

Nous reconnaissons l'appui financier du gouvernement du Canada. Canada

L'auteur reconnaît le soutien financier du Conseil des Arts du Canada.

À 19 ans, qui a envie de mourir ? Non, on veut vivre. Pleinement, vivre de toute la force qui éclate en soi. […] Et puis, pourquoi m'avoir laissé vivre jusqu'à 19 ans et me faire mourir à la fleur de l'âge ? C'est idiot ! Comment peut-on imaginer cela ?

Marcel CABAY, *Le temps des loups.*

Été 1994

(On mourait beaucoup à l'époque)

1

Le 22 juin 1994, la France déclenche l'opération Turquoise, dans le but de mettre fin au génocide rwandais. Depuis quelques semaines déjà, des voix s'élevaient pour dénoncer l'apathie de la communauté internationale devant le massacre des Tutsis. On reprochait également aux puissances coloniales, particulièrement la Belgique et la France, d'avoir attisé la haine entre les deux groupes ethniques par leurs politiques de ségrégation raciale depuis les années 1930. Le gouvernement français, bien qu'ayant récemment voté pour une réduction des effectifs de la MINUAR (mission des Nations Unies pour l'assistance au Rwanda), céda aux pressions des objecteurs de conscience et envoya dans le pays une force de trois mille soldats depuis le Zaïre.

Disons les choses comme elles sont : Turquoise était moins une véritable campagne militaire qu'un travail de relations publiques. « Du point de vue français, il faut éviter que nous soient reprochées et l'action d'hier, et l'inaction d'aujourd'hui », avoueront candidement les bonzes de la Cinquième République. Le gros du génocide avait déjà eu lieu de toute façon. Quoi qu'il en soit, le déclenchement de cette opération constitue l'événement marquant de ce jour-là. C'est cela qui fera la première page des quotidiens le lendemain, c'est avec cela que Bernard Derome ouvrira son *Téléjournal*.

Ce même 22 juin 1994, une jeune fille passe la soirée avec des amis, au domicile de l'un d'eux, rue Basile-Routhier, dans le quartier Ahuntsic, à Montréal. Vers une heure trente, elle quitte ses amis et se dirige vers l'arrêt d'autobus situé au coin des rues Berri et Fleury. Un trajet d'environ cinq cents mètres. Elle ne montera jamais dans l'autobus. On retrouvera son corps deux semaines plus tard dans un boisé près de Mascouche. Elle avait dix-neuf ans. Elle s'appelait Mélanie Cabay.

2

Les grands quotidiens ne paraissant pas le jour de la Fête nationale, ce n'est que dans l'édition du 25 juin 1994 de *La Presse* que le nom de Mélanie Cabay sera mentionné pour la première fois, dans une brève de la page A8. La une et les pages subséquentes auront été consacrées aux comptes rendus des festivités. (Au parc Maisonneuve, le spectacle avait peiné à décoller, malgré la présence de nombreuses vedettes, dont Robert Charlebois, Yvon Deschamps et Daniel Bélanger, tandis que sur les Plaines, cela avait tourné à l'émeute : voitures de police renversées, matraques, gaz lacrymogène, commerces vandalisés, 23 arrestations.)

« Les policiers de la CUM sont à la recherche d'une jeune fille de 19 ans, Mélanie Cabay, disparue mystérieusement depuis mercredi matin, 1 h 30, alors qu'elle rentrait chez sa mère après avoir passé la soirée en compagnie de trois amis. Mélanie, petite-fille de l'auteur Marcel Cabay, a quitté son copain vers 1 h 20 pour se diriger vers l'arrêt d'autobus à l'intersection des rues Fleury et Saint-Denis. Elle n'est jamais arrivée chez elle, rue Bélanger. Sa mère, Mireille Bélisle, croit à un enlèvement. Mélanie n'éprouvait aucun problème particulier et n'était pas du genre à faire une fugue. Mardi soir, ses amis l'ont trouvée joyeuse comme à l'ordinaire. Les policiers commencent également à croire à la thèse de l'enlèvement. Mélanie Cabay mesure 5 pieds, pèse 100 livres, a les cheveux bruns, longs et droits. Elle porte des broches aux dents, en haut et en bas. Toute personne qui a aperçu cette jeune fille depuis mercredi, 1 h 30, est priée de contacter le poste de police 1, au 280-2501 ou le 280-2201, où toute information sera traitée avec discrétion. »

Le texte était accompagné d'une petite photo sur laquelle Mélanie Cabay arborait le même sourire à la Mona Lisa que sur sa photo de finissante, celle où elle tient une gerbe de fleurs blanches, celle qui serait utilisée quelques jours plus tard pour l'avis de recherche. Peut-être était-ce sa manière naturelle de sourire, ou peut-être ne voulait-elle simplement pas montrer ses dents à cause de son appareil orthodontique, cet appareil orthodontique qui allait permettre aux policiers de l'identifier, quand ils la retrouveraient nue sous une pile de bardeaux d'asphalte, l'état de putréfaction avancé du cadavre rendant impossible la simple reconnaissance faciale.

3

Ce « petite-fille de l'auteur Marcel Cabay », que l'auteur de la brève avait laissé tomber au détour d'une phrase (et que le *Journal de Montréal* avait joué en première page, la veille), n'a pas dû sonner une cloche dans l'esprit de beaucoup de gens. Marcel Cabay était déjà oublié du grand public en 1994, quatre ans après sa mort. Il fut pourtant un acteur connu en son temps, jouant aux côtés de Gaétan Labrèche, Jean Coutu, Louise Marleau, Paul Hébert, Jean-Louis Roux, etc. Son rôle le plus marquant fut sans doute celui du docteur Joseph Clément Bouclier dans *Les belles histoires des pays d'en haut*. Dans les années 1970 et jusqu'au début des années 1980, il fut l'auteur du téléroman le plus regardé au Québec, *Les Bergers,* qui devint *Le clan Beaulieu* à partir de 1978. Douze saisons, cinq cent douze épisodes, 1,6 million de téléspectateurs chaque semaine.

À voir les quelques extraits du *Clan Beaulieu* disponibles sur YouTube, il est difficile de comprendre ce qui poussait les gens à s'agglutiner devant leur télé, toute affaire cessante, chaque mercredi à vingt et une heures, et à syntoniser Télé-Métropole. L'œuvre n'a pas très bien vieilli. Le visionnement procure bien sûr un plaisir au deuxième degré : l'ahurissant mobilier des années 1970, la moquette, la tapisserie, les invraisemblables cendriers sur pieds, les divans aux couleurs criardes, les costumes, le grasseyement des personnages, la franche misogynie des textes, tout cela est certes très comique, mais je n'arrive pas à me figurer, à près de quarante ans de distance, comment mes parents réussissaient à prendre cela au sérieux.

4

C'est le dimanche 26 juin 1994 que l'affaire Mélanie Cabay eut droit à la une de *La Presse* pour la première fois. Une photo représentant la mère de la disparue, Mireille Bélisle, dans sa cuisine, en compagnie de deux amis de sa fille, Jean-Hugues Robert et David Meunier, était coiffée du titre : « Qu'est-il arrivé à Mélanie ? ». Madame Bélisle réconforte David en lui passant la main dans les cheveux, tandis que Jean-Hugues se tient debout devant le réfrigérateur, l'air songeur. L'image occupait le tiers de la une. (Pour le reste, les Américains se préparaient à intervenir à Haïti, les Expos avaient battu les Marlins 7-3, Claude Béland était la personnalité de la semaine, la météo annonçait des averses dispersées, et le caricaturiste y allait d'une blague impossible à comprendre sur Daniel Johnson.)

Dans l'article de la page A3, signé par Marie-France Léger, l'on en apprenait un peu plus sur les circonstances de la disparition. Mélanie Cabay avait passé la soirée chez David Meunier, où elle avait visionné un film. Au début de la nuit, elle avait quitté le domicile des Meunier avec Jean-Hugues Robert, « un ancien ami de cœur et toujours bon copain ». Elle avait accompagné ce dernier jusque chez lui, coin Basile-Routhier et Fleury, où elle lui avait emprunté un chandail. La nuit était fraîche et Mélanie ne portait qu'un t-shirt. L'arrêt d'autobus était situé à deux minutes de marche du domicile de son ami et, pourtant, aucun des chauffeurs interrogés par les policiers ne se souviendra avoir vu la jeune fille.

Ses proches pensent qu'elle a pu décider de marcher un peu au lieu d'attendre l'autobus. Elle avait récemment travaillé dans un dépanneur de la rue Legendre, où son dernier chèque de paie l'attendait. Elle aurait pu décider de faire un crochet par là afin de réclamer son dû. Ou alors, elle aurait pu simplement choisir de rentrer chez elle à pied. Quatre kilomètres, ce n'est pas la mer à boire. Elle aimait marcher la nuit dans les rues de la ville. Elle n'avait pas peur.

Tous les parcs situés sur son itinéraire probable furent ratissés par les policiers, et des avis de recherche furent placardés dans plusieurs commerces du nord de la ville, ainsi que sur des poteaux et des portes des entrées de métro.

La thèse de la fugue fut écartée d'emblée. Ça n'était pas le genre de Mélanie. Elle venait d'acheter un billet pour un spectacle du Festival de Jazz et elle projetait de partir en voyage quelques semaines plus tard avec son amie Judith. L'article de madame Léger nous apprenait aussi que la jeune fille devait prochainement aller vivre chez son père, Philippe Cabay, à Rivière-des-Prairies. Elle avait d'ailleurs rendez-vous avec ce dernier dans la journée de mercredi, afin de planifier le déménagement. Les proches de Mélanie Cabay sont également formels sur le fait qu'elle n'aurait jamais accepté de monter dans la voiture d'un inconnu. Du point de vue de la police, toutefois, tous les scénarios étaient examinés. « L'enlèvement n'est certes pas à éliminer comme hypothèse, mais on ne peut rejeter d'autre part d'autres possibilités, car entre la fugue et l'enlèvement, il y a le suicide, la mort accidentelle ou le départ volontaire », expliquera (un peu laborieusement) l'inspecteur-chef Marcel Lemay au journaliste du *Soleil* (édition du 28 juin), sans se donner la peine de préciser la nuance qu'il faisait entre « fugue » et « départ volontaire ». « S'il fallait que je choisisse une hypothèse, poursuivait-il, je m'enlèverais des possibilités d'action et peut-être que je passerais à côté de la véritable solution. Il ne faut pas passer de A à Z. »

5

Les jours suivants, la famille et les amis de Mélanie Cabay continuèrent à distribuer des avis de recherche. Des imprimeurs proposèrent spontanément leurs services, et quatre mille affiches purent ainsi être tirées gratuitement. La photo de la jeune fille était affichée partout sur l'île de Montréal, mais également dans la région de Québec, et même en Abitibi.

Les recherches étaient coordonnées depuis un quartier général improvisé, dans le salon d'un ami de la famille, rue de Lanaudière. La porte de l'appartement était ouverte en permanence, et colleurs d'affiches, volontaires et journalistes y circulaient librement. Dans les pièces contiguës au salon, des bénévoles s'affairaient au téléphone. On appelait les compagnies de taxi pour demander la permission de placer des avis de recherche dans les voitures, on contactait les hebdos des villes environnantes afin de s'assurer que la photo de Mélanie soit vue par le plus grand nombre de gens possible.

Cependant, malgré toute l'énergie déployée par les proches, aucun élément concret ne permettait de faire progresser l'enquête. Les policiers du district 1 avaient reçu une cinquantaine d'appels (certains provenant des habituels médiums), tous les renseignements étaient vérifiés, mais cela n'avait, jusqu'ici, débouché sur aucune piste. Deux informateurs anonymes affirmaient avoir vu Mélanie Cabay dans un bar de danseuses de Mississauga, en Ontario, une hypothèse jugée « farfelue et invraisemblable » par le père de la disparue.

Cette absence de développements causait des maux de tête aux journalistes, car il fallait tout de même « faire le suivi ». Dans l'édition du 28 juin de *La Presse,* on ajoutait quelques détails sans grande importance à ce que l'on savait déjà. Le film que Mélanie et ses amis avaient visionné dans la soirée du 22 juin était un vieux Robert Altman. Le t-shirt qu'elle portait était noir, et le chandail qu'elle avait emprunté à un ami, gris. C'était une fille simple et réservée, qui aimait rire et sortir. « À l'exception de sa chevelure brune abondante qui descendait jusqu'aux reins, elle passait presque inaperçue. »

L'auteure de l'article, Sophie Beaudoin, avait également eu le flash suivant : refaire l'itinéraire supposé de la jeune fille, à la recherche d'indices. « Qu'est-ce qui est arrivé à Mélanie Cabay ? Sous une pluie torrentielle, en compagnie de deux amis de la jeune femme, *La Presse* a refait le trajet de cette nuit fatidique. Antonin Favron et David Meunier ont marché durant une heure environ dans le quartier d'Ahuntsic, de la rue Péloquin à la rue Berri, à la recherche d'un indice, d'une explication. Mais les rues ont gardé leurs secrets. » Je ne crois pas que madame Beaudoin ambitionnait réellement de résoudre l'affaire en faisant une marche dans le quartier mais, comme je le disais, on ne disposait d'aucun élément nouveau à se mettre sous la dent. Il fallait faire de la nouvelle à partir de rien. Guy Roy, du *Journal de Montréal,* avait quant à lui choisi de donner une touche people à l'histoire en interrogeant la tante de Mélanie, la comédienne Claudine Chatel, qui avait connu la célébrité deux décennies plus tôt grâce à son rôle de Ginette Berger dans *Les Berger.*

Le lendemain, l'enquête n'avait toujours pas progressé d'un poil, malgré la campagne d'affichage qui s'étendait maintenant jusqu'en Ontario. Cette fois, c'est à un certain Pascal Lapointe que *La Presse* confia le mandat de faire le suivi de l'histoire, qui était passée de la page A3 à la page A5. Monsieur Lapointe n'allait tout de même pas répéter que la jeune fille avait été vue pour la dernière fois à une heure vingt, au coin des rues Basile-Routhier et Fleury, qu'elle avait prévu de prendre l'autobus au coin Berri, qu'elle mesurait cinq pieds, etc. Il adopta donc un angle nouveau, y allant d'une liste non exhaustive des enlèvements suivis de meurtres ayant fait la manchette au cours des dernières années.

Le 1er novembre 1984, trois jeunes garçons disparaissent dans le quartier Hochelaga, à Montréal. Tout d'abord, le petit Maurice Viens, qui accepte de monter dans la voiture d'un inconnu en rentrant de la prématernelle. Un peu plus tard cette journée-là, Wilton Lubin, douze ans, et Sébastien Métivier, huit ans, sont kidnappés alors qu'ils jouent ensemble dans les ruelles du quartier. Le corps mutilé de Maurice Viens sera retrouvé le 6 novembre, dans une maison abandonnée, à Saint-Antoine-sur-Richelieu. Celui de Wilton Lubin, le 2 décembre, sur la rive du fleuve, près de l'île Charron. Il avait été étranglé et égorgé. Sébastien Métivier, lui, ne sera jamais retrouvé.

Le 7 mars 1992, à Laval, Marie-Ève Larivière est violée et étranglée alors qu'elle est sortie acheter du pain au dépanneur.

Le 13 octobre 1991, Marie-Claude Côté, étudiante au collège Brébeuf, est enlevée à la sortie du bar le Barina, dans le quartier Côte-Saint-Paul, où elle avait passé la soirée avec des amis. Un de ses souliers, maculé de sang, sera retrouvé dans le stationnement de l'établissement. Son corps sera repêché un mois plus tard, dans le fleuve, près des îles de Boucherville.

Chantal Brochu, une autre étudiante, est elle aussi enlevée à la sortie d'un bar (le Clandestin), le 19 septembre 1992. Son corps sera retrouvé le lendemain, à quelques kilomètres de là, derrière une église. De nombreux avis publics seront émis afin de retracer un individu que plusieurs témoins affirment avoir aperçu en compagnie de la victime au cours de la soirée. L'individu négligera de se manifester.

Les policiers envisageaient la possibilité que ces crimes, au modus operandi similaire, ainsi que quelques autres survenus au cours des dernières années, fussent l'œuvre d'un même tueur.

L'auteur du papier concluait en rappelant que près de 5700 disparitions de jeunes de moins de 18 ans avaient été signalées à Montréal au cours de l'année 1993. Là-dessus, environ 4000 étaient des fugueurs. Les autorités policières évaluaient la proportion d'enlèvements par l'un des deux parents à environ 5 %, et à 2 % celle d'enlèvement par un inconnu. Cela laisse, si on applique ces taux aux statistiques de 1993, quelque chose comme 1300 disparitions qui ne sont ni des fugues, ni des enlèvements par des proches, ni des enlèvements par des inconnus. Dans quelle catégorie les ranger, alors ? Pascal Lapointe ne le précise pas. Enfin, ce qu'il faut retenir de tout ça, c'est que, bon an, mal an, des milliers de jeunes disparaissent, momentanément ou définitivement, sur le territoire de la CUM. On ne peut pas en faire un fromage à chaque fois.

De fait, la plupart partent sans faire trop de bruit. Parlez-en à Christina Deladurantaye, à Bianca Caron, à Rosiana Poucachishe, à Pascale Thomas, à Karine Hamel. Si la disparition de Mélanie Cabay avait fait autant de bruit au cours des derniers jours, c'est, dans une certaine mesure, parce que l'événement était survenu pendant une période de l'année où l'actualité locale tourne au ralenti, mais c'est surtout parce que les amis de la jeune fille avaient déployé beaucoup d'énergie pour qu'on en parle. Ce qui avait attiré l'attention des médias, au-delà du fait divers somme toute banal que constitue une disparition de personne, c'est l'impressionnante mobilisation de cette bande d'adolescents qui, avec des moyens dérisoires, étaient parvenus à faire connaître le visage de leur amie dans tout l'est du pays. Mélanie Cabay avait l'avantage sur Rosiana Poucachishe d'être aimée et bien entourée.

Pendant ce temps, au *Journal de Montréal,* Michel Benoit, manifestement pas le crayon le plus aiguisé de la boîte, se contentait de ressasser les événements des derniers jours, trouvant le moyen de s'emmêler les pinceaux à deux reprises, en rebaptisant la jeune fille Nathalie et en faisant remonter sa disparition au 21 juin.

Après cela, les journaux estimaient avoir fait le tour de la question. Faute d'élément nouveau, il n'y avait aucune raison de continuer à suivre cette affaire.

6

L'élément nouveau survint le 5 juillet, alors qu'un motocycliste circulant sur la montée Dumais, à Mascouche, découvrit le corps d'une jeune femme dans un petit bois à la jonction de l'autoroute 640. Couchée sur le ventre, nue à l'exception de ses chaussettes, elle était partiellement enfouie sous un tas de bardeaux. Ses vêtements, un t-shirt noir et un chandail gris, avaient été jetés à ses pieds. Le motocycliste appela aussitôt les policiers, qui constatèrent que la morphologie du cadavre correspondait au signalement de Mélanie Cabay. Il fallut toutefois attendre l'autopsie pour confirmer hors de tout doute qu'il s'agissait bien de la jeune femme disparue à Montréal dans la nuit du 22 au 23 juin. « Selon les premières constatations, le décès a été causé par strangulation et par traumatisme crânien », expliqua l'agent Pierre Robichaud au représentant de *La Presse,* lequel eut la politesse de ne pas répliquer qu'il était hautement improbable qu'il y eût deux causes de décès. Mais bon, on comprenait que Mélanie Cabay avait été violée, battue et étranglée, dans cet ordre ou dans un autre.

En réalité, l'état du cadavre ne permettait pas de déterminer si la victime avait subi une agression sexuelle. Il s'agissait d'un simple *educated guess* de la part des médias et des policiers. De un, on l'avait retrouvée nue. De deux, les monstres qui assassinent des jeunes filles le font généralement pour assouvir leurs pulsions sexuelles. Mélanie Cabay n'avait pas été exécutée pour une dette de jeu ou parce qu'elle en savait trop.

7

Le père de Mélanie Cabay, Philippe Cabay, a appris la mort de sa fille à la télé, en même temps que tout le monde. Il a vu les brancardiers (ils portaient des masques chirurgicaux à cause de l'odeur) sortir la lourde housse du sous-bois, sous les yeux d'un groupe de détectives en civil, pendant que le lecteur de nouvelles expliquait aux téléspectateurs que c'était grâce à son appareil orthodontique que l'on avait pu déterminer qu'il s'agissait bien de la jeune femme disparue dans le quartier Ahuntsic deux semaines plus tôt.

Les policiers avaient été incapables de joindre Philippe Cabay à temps pour lui annoncer la nouvelle. Ce dernier n'était pourtant pas difficile à localiser : il était à ce moment-là confiné dans une chambre d'hôpital, où on le soignait pour un abcès. Les enquêteurs responsables de l'affaire avaient tenté de le joindre, mais, en raison d'une défaillance technique ou d'une erreur de la réceptionniste, ou enfin peu importe, ils n'y étaient pas arrivés. Se rendre à l'hôpital en personne ? L'idée ne leur était apparemment pas venue. C'était maintenant à eux qu'il fallait se fier pour attraper le coupable.

8

Ils s'intéressèrent bien sûr à ce tas de bardeaux sous lequel on avait retrouvé le corps. « Pour l'instant, nous cherchons surtout à rencontrer la personne qui a balancé le bardeau d'asphalte à cet endroit, déclara l'agent Pierre Lamarbre, du service des relations publiques de la SQ. Nous n'avons pas l'intention d'ennuyer ce type avec le bardeau qui a été jeté illégalement. Nous voulons simplement lui parler parce qu'il peut nous aider à établir le moment où le crime a été commis. » Mon œil. Le rapport d'autopsie avait déjà permis d'établir le moment de la mort. Les policiers avaient de meilleures raisons que cela pour s'intéresser à l'homme qui avait jeté ces bardeaux dans ce boisé de la montée Dumais. Car enfin, le hasard n'est pas si grand pour qu'un type décide de larguer un chargement de bardeaux précisément à l'endroit où un autre vient tout juste de larguer le cadavre de la fille qu'il vient de violer et de tuer.

Les policiers se sont-ils contentés de cet avis public ? Ont-ils réellement cru que le gars se manifesterait, simplement parce qu'ils l'avaient demandé poliment ? Sans doute que non. Ils ont sûrement fait le tour des couvreurs et entrepreneurs généraux des environs, avec en main un échantillon du bardeau. Ce matériau vous dit-il quelque chose ? Pouvez-vous me fournir la liste des contrats que vous avez effectués au cours des dernières semaines ? À quel endroit disposez-vous de votre bardeau usagé ? Lequel de vos employés est chargé de cette tâche ? Serait-il possible de lui parler ? Il faut bien qu'ils aient également pris contact avec les administrations municipales de la couronne nord pour leur demander la liste de tous les citoyens à qui l'on avait délivré un permis de rénovation depuis la fin de l'hiver. Y en avait-il parmi eux à avoir des antécédents en matière de violence ou d'inconduite sexuelle ? On ne se débarrasse pas d'un chargement de bardeaux en dix-vitesses ou à pied : il faut disposer d'un camion. Un camion à benne de préférence. On avait sans doute retrouvé des traces de pneus près de la scène de crime. Était-il possible de les relier à un type de véhicule en particulier ? Si oui, qui possédait ou avait accès à ce type de véhicule ?

Ces questions et de nombreuses autres occupèrent les forces de l'ordre pendant les semaines suivantes. Enfin, il faut le supposer, car aucun détail de l'enquête ne transpirait dans les journaux. Le service des relations publiques de la SQ se contentait de dire que l'unité des crimes contre la personne avait reçu plus de deux cent cinquante appels, et que les enquêteurs s'affairaient à vérifier le bien-fondé des informations recueillies. L'organisme Jeunesse au soleil offrait une récompense de dix mille dollars à qui fournirait un renseignement menant à l'arrestation du coupable. Cela incitait les gens à appeler. On ne sait jamais. Peut-être que, par un coup de chance inouï, on allait dire quelque chose qui aiguillerait bel et bien les policiers sur la bonne piste, et ainsi rafler la cagnotte.

Les policiers de Mascouche, qui en principe avaient juridiction sur le territoire, révélèrent aux journalistes que deux viols avaient été commis près de la montée Dumais au cours de la dernière année. Un portrait-robot du suspect fut publié.

Cinq pieds huit pouces, environ deux cents livres, moustachu, l'individu conduisait une voiture récente de couleur bourgogne. Ses deux victimes étaient des auto-stoppeuses. Il les avait laissé partir après avoir abusé d'elles. La dernière agression avait eu lieu le 23 juin, le lendemain de la disparition de Mélanie, et s'était produite à quelques mètres seulement de l'endroit où celle-ci avait été retrouvée morte. L'enquêteur Jean-Marc Desnoyers, de la police de Mascouche, était tenté d'établir un lien entre les deux affaires, mais il fut vite rabroué par ses collègues de la SQ, qui lui firent gentiment comprendre que les enquêtes sur homicides étaient des affaires de grandes personnes, que les policiers de Mascouche feraient mieux de continuer à donner des contraventions aux citoyens qui mettaient leur bac de récupération trop tôt sur le bord de la rue. Les gens de la SQ avaient décidé que le violeur de Mascouche n'avait rien à voir dans l'histoire.

On continua de parler de Mélanie Cabay dans les journaux pendant la semaine qui suivit la découverte de son corps. Pour répéter que l'enquête piétinait ; pour annoncer la mise sur pied par Mireille Bélisle de la fondation Mélanie-Cabay, destinée à venir en aide aux parents et aux proches de victimes d'enlèvements ; pour dire que les cendres de la jeune fille seraient exposées pendant trois jours à l'école Sophie-Barat, où elle avait fait son cours secondaire. Après le 12 juillet 1994, son nom ne serait mentionné dans la presse que dans le cadre de rubriques intitulées « C'est arrivé il y a un an » ou « Dix ans déjà ».

9

« It's better to burn out than to fade away ». C'est par cette phrase, extraite d'une chanson de Neil Young, que Kurt Cobain concluait la lettre d'adieu qu'il avait rédigée à l'intention de Boddah, l'ami imaginaire de son enfance, avant de se tirer une balle dans la tête, le 5 avril 1994, dans sa maison de Seattle.

Pour une raison ou pour une autre, je considère cette date comme la ligne de partage entre les jeunes et les vieux. Un jeune, c'est quelqu'un pour qui Kurt Cobain a toujours été mort. Vous êtes vieux si vous êtes en mesure de dire ce que vous faisiez au moment où vous avez appris la mort de Kurt Cobain.

Le lendemain du jour où le leader de Nirvana s'enlève la vie, débute au Rwanda l'un des pires génocides de l'histoire moderne. Au cours des trois mois suivants, huit cent mille personnes, principalement des Tutsis, seront massacrées.

Huit cent mille. En plus ou moins quatre-vingt-dix jours. Cela fait quelque chose comme six morts à la seconde, vingt-quatre heures par jour, sept jours sur sept. Ici, il serait tentant de citer Moose Dupont, mais je vais me garder une gêne.

Le génocide rwandais s'est déroulé à peu près exactement entre la mort de Kurt Cobain et celle de Mélanie Cabay. À cette époque, j'ignorais tout des tenants et des aboutissants de cette tragédie. Je n'arrivais pas, d'une fois à l'autre, à me souvenir qui, des Hutus et des Tutsis, étaient les méchants. (Maintenant que Wikipédia existe, ça va, je suis omniscient.) Je l'ignorais et je ne tenais pas spécialement à le savoir. À l'été 1994, je tournais le dos à ces montagnes de cadavres (on les enterrait par paquets de mille, que l'on poussait dans la fosse à l'aide d'un bulldozer) et je considérais avec horreur ce cadavre enseveli sous une pile de bardeaux en me disant : « Quel gâchis… »

Cette attitude un peu ignoble s'explique pourtant aisément. Il y a d'abord ce que les journalistes appellent, avec une pointe de cynisme, la « loi du kilomètre-mort ». Plus un événement est distant de nous, moins il attire l'attention. Plus les victimes sont éloignées, dans l'espace ou dans le temps, moins elles susciteront d'empathie. Et puis, Staline avait raison quand il disait : « La mort d'un seul homme est une tragédie ; la mort d'un million d'hommes est une statistique. » L'empathie humaine n'est pas fabriquée pour avaler d'aussi gros morceaux. Huit cent mille morts.

10

À l'été 1994, à peu près tout le monde se contrecrissait de ces Tutsis qui se faisaient dégommer (SIX À LA SECONDE) à l'autre bout de la planète. Ceux qui n'y pouvaient rien, comme moi, s'en contrecrissaient le cœur léger ; ceux qui auraient pu faire quelque chose détournaient le regard et sifflotaient nerveusement en attendant que ça passe, priant pour que l'opinion publique reste endormie. On ne s'intéressait guère plus à cette page d'histoire en train de s'écrire au Moyen-Orient : deux ans après la signature des accords d'Oslo, l'armée israélienne évacuait progressivement les territoires occupés, et Yasser Arafat était accueilli en héros à Gaza, après un exil de vingt-sept ans.

Enfin, nous avions nos propres préoccupations de ce côté-ci de l'Atlantique. Les travaux routiers, la météo, les déménagements. On fustigeait les artistes de chez nous qui avaient accepté de chanter lors de la fête nationale du Canada. On voulait savoir ce qu'avait dans le ventre ce Brad Brown, que les Canadiens venaient de repêcher en première ronde. On s'intéressait même un peu aux Expos, qui connaissaient la meilleure saison de leur histoire, et on suivait d'un œil le procès de Marcel Talon.

On se passionnait surtout pour l'histoire d'une autre femme trouvée assassinée. Il n'y avait pourtant aucun mystère dans cette affaire. Tout le monde savait qui avait poignardé à mort Nicole Brown Simpson, le 12 juin 1994, à Brentwood, en Californie. Son meurtrier, aussi stupide qu'il en avait l'air, avait semé derrière lui une ahurissante traînée d'indices. Ses empreintes digitales étaient sur l'arme ayant servi à tuer Nicole Brown et son ami. Des témoins l'avaient aperçu fuyant la scène du crime. Un de ses cheveux et des fibres provenant de ses vêtements avaient été retrouvés sur les corps. On avait également découvert du sang sur son véhicule, de même qu'un gant ensanglanté faisant la paire avec un autre qui se trouvait sur les lieux du crime. Au moment où on l'avait épinglé, il se dirigeait vers l'aéroport, emportant avec lui son passeport et dix mille dollars en liquide. C'est tout juste s'il ne s'était pas filmé en train de poignarder ses victimes.

La question n'était pas de savoir qui avait tué Nicole Brown Simpson. Tout le monde le savait. L'intérêt de l'affaire résidait plutôt dans cette question : un type qui vient de rater son coup de manière aussi spectaculaire peut-il tout de même s'en sortir s'il a les moyens de s'offrir les meilleurs avocats du pays ? La justice est-elle quelque chose qu'on peut acheter, comme n'importe quelle marchandise ? Il faudrait attendre encore un an avant que l'honorable Lance Ito, juge à la Cour supérieure du comté de Los Angeles, n'apporte une réponse à cette question.

11

« Pour les femmes de notre monde, les enfants ne sont pas une joie, un orgueil, l'accomplissement de leur destinée, mais une inquiétude, une terreur, un supplice, une punition [...] Les enfants sont pour elles un tourment non par leur naissance, leur allaitement et les soins qu'ils exigent – les femmes, et la mienne était de celles-là, ont un instinct maternel très développé qui les rend prêtes à toute éventualité – mais parce qu'ils peuvent tomber malades et mourir. [...] Elles préféreraient presque des bébés en caoutchouc, point exposés à tomber malades et à mourir, et facilement réparables. »

Léon TOLSTOÏ, *La sonate à Kreutzer*

Le narrateur de *La sonate à Kreutzer* prête ces sentiments aux seules mères mais, si on lit entre les lignes, l'on comprend que Tolstoï parle de sa propre expérience. À partir du moment où vous devenez parent, la peur ne vous lâche plus. Il y a là, soudain, ce petit être infiniment fragile, cette personne que vous aimez plus que vous-même, exposée à tous les accidents, toutes les maladies, tous les coups du destin. Vous avez peur pour elle, bien sûr, mais surtout peur pour vous, parce que vous savez que la joie vous quitterait pour toujours s'il lui arrivait quelque chose.

Vous rencontrez un type avec qui vous vous imaginez faire votre vie, ou enfin un bon bout de chemin. Un jour, vous tombez enceinte, délibérément ou accidentellement, et neuf mois plus tard vous voilà mère. D'une petite fille, disons. Et là, vous commencez à avoir peur. Vous entrez dans sa chambre dix fois pendant chacune de ses siestes, simplement pour vérifier qu'elle respire encore. Vous tentez d'appliquer tous les conseils contradictoires que vous recevez ou que vous lisez. Il ne faut pas coucher le bébé sur le dos : s'il régurgite dans son sommeil, il risque de s'étouffer avec son vomi. Il ne faut pas coucher le bébé sur le ventre : sa cage thoracique est comprimée, ce qui l'empêche de respirer normalement. Il faut absolument lui donner le sein. Il faut absolument éviter de lui donner le sein. Malgré que vous ayez l'impression de tout faire de travers, votre petite fille finit tout de même par franchir le cap de la petite enfance. Elle commence à marcher. Vous installez une barrière devant les escaliers menant à la cave, vous capitonnez les angles des meubles, vous êtes constamment sur ses talons, prête à la rattraper si elle fait un faux pas. Vous la surveillez quand elle joue dans le salon ou dans son carré de sable, pour qu'elle ne mette pas dans sa bouche des choses qu'il ne faut pas se mettre dans la bouche, des roches, de la monnaie, un ver de terre, les croquettes du chien. Vous enguirlandez votre conjoint parce qu'il a laissé traîner un objet pointu ; vous le réveillez au milieu de la nuit pour lui dire : « La petite a pas une belle toux. Écoute. On serait pas mieux d'aller à l'urgence ? » Le jour où elle commence la maternelle, vous vous demandez si les autres enfants vont l'accepter, si elle va se faire des amis, si elle va apprendre aussi vite que les autres. Mais vous angoissez pour rien, tout est OK, tout le monde l'aime, ses professeurs n'ont que des bons mots à son sujet, elle réussit bien. Puis un jour arrive l'adolescence, et là, vous vous mettez à avoir la chienne pour vrai. Vous ne savez jamais où elle est, ni avec qui. Ses amis sont des bons petits gars, des bonnes petites filles, cela vous rassure, mais pas tout à fait. Vous guettez son retour, incapable d'aller au lit si elle n'est pas rentrée, vous vous faites un sang d'encre dès qu'elle est en retard de quelques minutes. Vous grondez : « Quand je dis minuit, c'est minuit, pas minuit et dix ! » Elle répond que ça n'est quand même pas sa faute s'il y a eu une panne dans le métro. Chaque fois qu'elle sort le soir vous avez peur qu'elle ne revienne pas, c'est plus fort que vous. Mais elle revient toujours. Jusqu'au soir où elle ne revient pas, parce qu'elle a croisé la route d'un monstre qui s'est servi d'elle pour assouvir ses pulsions et l'a ensuite jetée, comme un déchet, dans un boisé de la montée Dumais, à Mascouche. Et voilà, c'est fini. Votre vie est finie.

Je n'aurai jamais d'enfants.

12

À l'été 1994, Mireille Bélisle a éprouvé un chagrin dont je ne peux pas deviner l'ampleur. Certains, dans sa situation, se laissent couler. Ils se réfugient dans l'alcool ou les antidépresseurs, et errent dans leur appartement jusqu'à ce que la mort vienne les chercher. Certains perdent le nord. À la suite d'une prise de bec avec un employé du métro, Claude Côté, le père de Marie-Claude Côté (assassinée en 1991 à la sortie d'un bar), partira en croisade contre la STM et la ville de Montréal, envoyant des milliers de courriels et de fax revendicateurs. En 2010, il sera condamné pour harcèlement criminel. Pierre-Hugues Boisvenu, le père de Julie Boisvenu (violée et assassinée en 2002) deviendra sénateur conservateur.

Il s'agit peut-être d'un préjugé de ma part, mais il me semble que, d'une manière générale, les femmes gèrent leurs émotions plus sainement que les hommes. Ainsi, plutôt que de sombrer dans l'alcool, de diaboliser un service public ou de grossir les rangs du parti conservateur, Mireille Bélisle a choisi de s'investir dans une cause à la mémoire de sa fille. J'étais un peu cave à l'époque, aussi je ne voyais pas trop où elle voulait en venir avec ses histoires de marches contre la violence, ses marches pour un monde meilleur. Quoi ? On se réunit à un endroit donné, on marche, on marche, on fait le tour du carré, on revient à notre point de départ, on rentre chacun chez soi, et alors ? La violence existe encore et le monde n'est pas meilleur. Je jugeais un peu Mireille Bélisle, comme je jugeais la petite Virginie Larivière, treize ans, qui, à la suite du viol et du meurtre de sa sœur Marie-Ève, avait lancé une pétition contre la violence à la télévision. (En quelques mois, elle est parvenue à recueillir un million et demi de signatures. À la fin du processus, elle s'est rendue à Ottawa pour remettre le document en main propre au Premier ministre Brian Mulroney.) Pour commencer, je trouvais arbitraire le lien qu'elle établissait entre le meurtre de sa sœur et la violence à la télévision. Le coupable n'a jamais été arrêté, si ça se trouve le type n'a même pas le câble. Et puis, je n'étais pas du tout d'accord avec elle. De la violence à la télé ? Où, ça ? Dans *4 et demie* ? Dans *Chambres en ville ?* Dans *Watatatow* ? Je trouvais, pour ma part, qu'il n'y avait pas assez de violence à la télévision. Si je voulais ma dose, je devais me rendre chez Vidéo Le Rocher, où les vieux films d'horreur se louaient un dollar. Encore là, les copies destinées au marché canadien étaient systématiquement expurgées de leurs passages les plus choquants. Par exemple, la version d'*Anthropophagus* disponible chez Vidéo Le Rocher ne comprenait pas la fameuse scène où le cannibale de l'île tue une femme enceinte et dévore son fœtus, pas plus que la scène finale, dans laquelle le cannibale, mortellement blessé, meurt en dévorant ses propres entrailles. Bref, je trouvais que Virginie Larivière s'en prenait à la mauvaise cible. J'adorais la violence à la télé et je n'assassinais pas les petites filles. Surtout, je me demandais quel résultat concret elle espérait obtenir. Elle devait bien se douter que Brian Mulroney n'irait pas frapper à la porte des stations de télé, sa pétition sous le bras, pour savoir s'il n'y aurait pas moyen de remplacer *Missing in action 2,* prévu à l'horaire ce vendredi vingt-trois heures trente, par *Les quatre filles du docteur March* ou *Suzie Frisette*.

J'étais un peu cave et je ne comprenais pas que ces démarches, en apparence inefficaces, constituaient un moyen de rester en vie. Une façon de donner un sens à ce qui n'en avait pas. Faire quelque chose, n'importe quoi, pour que la personne qu'on a tant aimée n'ait pas vécu ces années sur terre simplement dans le but de servir de jouet sexuel à usage unique pour un quelconque minable.

Dans une entrevue accordée en 2011, Virginie Larivière confie qu'elle a vécu les deux années suivant la mort de sa sœur dans un état de survie. « Je vivais tellement de colère qu'il n'y avait plus de place pour la peine ni pour rien d'autre. Tu viens avec les dents crispées, tu voudrais défoncer des murs de brique et casser la gueule à tout le monde. J'avais de la peine, c'était immense. Mais c'est la colère qui prenait toute la place. Pendant ce temps-là, ma mère était si dépassée par le chagrin qu'elle se laissait mourir. J'avais l'énergie pour la secouer, pour me secouer moi-même. Il fallait que je fasse n'importe quoi. » La pétition lui a permis de canaliser cette énergie. Elle n'aime pas trop qu'on lui dise que le traumatisme qu'elle a vécu l'a fait grandir. Elle aurait préféré rester petite et que sa sœur ne se soit point fait assassiner. Il n'en demeure pas moins que sa croisade lui a donné la piqûre du militantisme. Aujourd'hui, elle s'investit dans la lutte contre la pauvreté et défend les droits des assistés sociaux.

13

L'image de Mélanie Cabay m'est sans cesse revenue à l'esprit, de loin en loin, au cours du dernier quart de siècle. J'ai longtemps espéré ouvrir le journal et lire le gros titre suivant : « L'assassin de Mélanie Cabay arrêté. » (Aujourd'hui, le dossier est fermé à la SQ, et la seule chance qu'on attrape le meurtrier serait qu'il vienne se livrer.) Les occurrences de son nom dans les médias, au fil des années qui suivirent sa mort, se résumaient aux éphémérides et aux entrefilets annonçant les activités de la fondation Mélanie-Cabay.

Ce que je glandais, moi, pendant ce temps-là

(Parce que ça intéresse tout le monde, hein ?)

14

À l'été 1994, je flottais dans des t-shirts trop grands et j'errais sans but dans les rues de Grand-Mère. J'étais en sabbatique, après avoir fait une année en Traduction à l'Université Laval. J'avais expliqué à mon père qu'il me fallait prendre une pause afin de réfléchir à ce que je voulais vraiment faire de ma vie. Il avait acquiescé un peu distraitement, il avait d'autres chats à fouetter, il venait de quitter ma mère pour l'animatrice de pastorale et était parti s'installer avec elle et ses trois enfants en bas âge à Saint-Boniface. Je suis à peu près certain qu'il voyait clair dans mon jeu et qu'il considérait cette idée de sabbatique pour ce qu'elle était : une combine pour tirer au flanc. Seulement, il ne se sentait pas en position de faire la morale à qui que ce soit.

À l'été 1994, je réfléchissais à un tas de choses, mais certainement pas à ce que je voulais faire de ma vie. J'avais déjà secrètement décidé que je ne ferais rien du tout. À l'automne suivant, je m'inscrirais à nouveau en Traduction, à l'UQTR cette fois, mais je ne considérais pas l'université comme un tremplin vers une carrière enrichissante. Plutôt comme une planque temporaire à l'abri de la vraie vie. Officiellement, j'étais maître de mon temps pour la première fois depuis la maternelle, mais dans les faits il s'agissait de la deuxième année consécutive où je ne faisais pas grand-chose. Au cours de mes deux premiers trimestres à l'université, je n'avais mis les pieds sur le campus qu'en de très rares occasions, passant le plus clair de mon temps dans mon demi-sous-sol de la rue Myrand, à jouer à *NHL 93* avec mon coloc et à penser vaguement au suicide. Stéphanie Durand et moi avions rompu l'été précédent, et j'avais découvert avec stupeur qu'il existait une chose encore plus douloureuse que de sortir avec Stéphanie Durand : ne plus sortir avec Stéphanie Durand. La peine d'amour découlant de notre rupture n'était qu'une version amplifiée de celle qui m'avait habité tout au long de notre relation. L'idée du suicide me semblait la plus raisonnable. Mais, comme pour tout le reste, je manquais de résolution, alors je repoussais l'échéance d'un jour à l'autre et je modifiais mes trios, je plaçais Stéphan Lebeau au centre de Russ Courtnall et de Gilbert Dionne.

15

À l'été 1994, nous habitions, ma mère, mes sœurs et moi, un duplex situé au 738, Onzième Avenue, tout près du parc de la rivière. Ma chambre était au sous-sol. J'y passais mes nuits à jouer à *Chrono Trigger* et à *Final Fantasy III* sur NES, ou alors à *Fire Emblem* et à *Phantasy Star II* sur Sega Genesis. La plupart du temps, le soleil était déjà haut dans le ciel quand je me décidais à sauvegarder ma partie et à aller au lit. Je me levais vers la fin de l'après-midi et je déjeunais dans le salon en regardant *Relevez le défi* et *Que le meilleur gagne*. Puis, après quelques heures passées à végéter, je me douchais, m'habillais et je sortais. J'enfilais la Septième Avenue jusqu'au coin de la Quatorzième Rue. La maison de Julie Parent jouxtait l'entrepôt de Meubles Paquin. Je passais devant chez Julie Parent simplement pour passer devant chez Julie Parent, pour être près d'elle, mais aussi un peu pour me faire du mal inutilement, pour ressentir ce pincement dans le ventre les fois où la voiture d'Éric Vandal était garée devant la maison.

Puis je prenais la Sixième et je revenais vers la paroisse Saint-Paul, je m'arrêtais chez Max et, ensemble, nous faisions encore un bout de Sixième en planifiant notre soirée. Nos projets se résumaient, la plupart du temps, à acheter une caisse de douze et à aller la boire dans le golf, sur le banc du trou 8, ou encore dans le parc Hooper. Il nous arrivait d'aller jouer au snooker chez Gilles ou au Mouton, de faire des parties d'échecs sur le patio des parents de Max, ou de monter à Shawi voir les films de la semaine au Cartier. Nous avions un rituel du vendredi qui consistait à boire des Bull Max dans mon salon en jouant à *NHL 94* et à regarder *Baywatch* et *Acapulco H.E.A.T.* Max était nominalement mon meilleur ami, même si déjà à cette époque nous n'avions plus grand-chose en commun. Notre amitié se nourrissait d'elle-même, tirant tous ses nutriments du vaste répertoire d'inside jokes, de références opaques et de souvenirs de la petite école que nous partagions, mais il était évident que si nous nous étions rencontrés à l'âge adulte, nous n'aurions rien eu à nous dire.

Après que Max était rentré chez lui, je sortais faire une dernière ronde dans les rues de la ville. Grand-Mère la nuit est une ville fantôme. J'aurais pu me promener flambant nu si cela avait été ma fantaisie. Je commençais bien sûr par passer devant la maison de Julie Parent. Si l'auto d'Éric Vandal était garée devant, c'est qu'il passait la nuit chez elle, c'est qu'ils étaient endormis ensemble. J'enfilais la Sixième jusqu'au parc du Rocher et, là, j'escaladais la bonne femme de pierre, je m'asseyais sur son front et je laissais vagabonder mes pensées en contemplant le néant (Saint-Georges-de-Champlain). Puis je rentrais chez moi, je descendais à la cave, j'insérais *Chrono Trigger* ou *Final Fantasy III* dans mon SNES, et je reprenais ma partie.

16

À l'été 1994, je savais un tas de choses. Je savais, entre autres, que Julie Parent était née le 23 octobre 1975, à Saint-Prime, une petite municipalité située à mi-chemin entre Roberval et Saint-Félicien. Je savais que son père s'appelait Bernard Parent, comme l'ancien gardien de but des Flyers de Philadelphie. Je connaissais même le prénom de ses quatre grands-parents : Emmanuel, Louis, Cécile, Simone. Je savais qu'elle ne raffolait pas de la pizza, mais qu'il lui arrivait de mettre de la sauce à pizza sur ses toasts. Elle était myope, bonne en dessin et écoutait Pink Floyd. Sa meilleure amie s'appelait Annie. Son chum s'appelait Éric Vandal. Chaque fois qu'elle et moi on se voyait ou qu'on se parlait au téléphone, je m'empressais, sitôt que je me retrouvais seul, de noter dans mon cartable les nouveaux détails biographiques qu'elle avait laissé tomber au fil de la conversation. Mon dossier « Julie Parent » était bien étoffé. Si on m'avait invité à donner une conférence dans le cadre d'un colloque sur Julie Parent, j'aurais pu tenir deux heures au micro, facile. Mais personne n'organisait de colloque sur Julie Parent.

Quelqu'un a écrit que le bonheur n'était rien d'autre que ce bref instant de surprise quand ça arrête de faire mal. Peut-être, mais en ce qui me concerne, le moment de surprise avait été beaucoup trop bref pour que j'aie le temps de lui donner du « bonheur ». J'étais tombé de Charybde en Scylla, de Stéphanie Durand en Julie Parent, sans avoir eu le temps de reprendre mon souffle.

Cela avait commencé par un jeu. Au printemps 1994, Christine Doyon, la blonde de Pierre Duplessis, faisait partie d'une troupe de théâtre amateur dirigée par Sébastien Baril. Ils avaient décidé de monter une version française de la comédie musicale *Le fantôme de l'opéra*. Sébastien Baril s'était chargé de la traduction et s'était attribué le rôle du fantôme. Christine jouait Christine Daaé. Ils avaient demandé à Pierre de faire la mise en scène, et celui-ci m'avait embauché pour jouer les utilités. J'étais l'encanteur dans le prologue, j'étais un agent de police accompagnant le jeune premier (Raoul) dans les catacombes, j'étais un serveur passant à l'arrière de la scène pendant le numéro de *Masquarade*.

Comme nous répétions les scènes dans le désordre et que je ne m'étais pas soucié de lire le script dans son entier, je n'ai jamais vraiment saisi l'intrigue de la pièce. Quoi qu'il en soit, à la fin, le fantôme, sur le point d'être arrêté, disparait dans un nuage de fumée, ne laissant derrière lui que le masque dont il recouvrait son visage monstrueux. Pendant que la fumée se dissipe, l'une des danseuses de l'opéra s'avance sur la scène (laquelle est plongée dans le noir, sauf pour le projecteur de poursuite braqué sur la danseuse) et recueille le masque, qu'elle tient un moment entre ses mains. Puis elle sort côté jardin. Fin. Le rôle de la jeune danseuse était tenu par Julie Parent, une fille que j'avais forcément déjà croisée à la polyvalente, mais qui n'avait laissé aucune trace dans ma mémoire.

Je la trouvais merveilleusement belle dans son costume de ballerine, et je m'asseyais toujours dans la salle lorsqu'on répétait la scène finale. Je ne me lassais pas de la regarder quand elle s'avançait d'un pas hésitant vers le trône derrière lequel Sébastien Baril était caché, qu'elle se penchait pour prendre le masque et qu'elle le brandissait au-dessus de sa tête. J'estimais que cela valait amplement la peine de se taper cette comédie musicale inepte, traduite dans un français bancal et interprétée par des gens ne sachant ni jouer ni chanter, si c'était pour en arriver à cette scène sublime où Julie Parent recueillait le masque.

Je n'en étais pas amoureux alors, mais j'avais envie de jouer à l'être. Nous nous étions à peine adressé la parole pendant les répétitions du *Fantôme,* si bien que j'étais en mesure de m'en faire une image idéalisée. Quelques semaines après la dernière représentation, je lui ai écrit une lettre d'amour tout à fait extravagante. Les choses auraient pu en rester là, ma lettre était anonyme, sans l'adresse de l'expéditeur, mais Julie a décidé de mener sa petite enquête et n'a pas mis de temps à me démasquer. En procédant par élimination, elle a établi une liste de trois ou quatre candidats potentiels, dont moi. Elle a contacté Pierre, qui s'est fait une joie de confirmer ses soupçons. Non seulement m'a-t-il dénoncé sans état d'âme, mais il a ourdi un plan pour que Julie et moi nous rencontrions. Il savait qu'elle avait un chum, mais cela n'avait pas d'importance. À son avis, c'était jouable, je pouvais évincer Éric Vandal. À cette époque, Pierre tenait à ce que je me retrouve en couple, de manière à ce que nous puissions faire des « sorties à quatre ». L'hiver précédent, lui et Christine avaient travaillé fort pour me matcher avec Isabelle Bousquet, la meilleure amie de Christine. Il paraît que je me suis enfui d'un party par la porte de derrière afin d'échapper aux avances d'Isabelle. Je ne m'en souviens pas, c'est Isabelle qui me l'a raconté des années plus tard, mais je dois admettre que c'est en plein mon genre.

Je ne me sentais pas l'âme d'un conquérant et, objectivement, je ne voyais pas pourquoi Julie Parent aurait eu envie de troquer son chum actuel pour moi. Une rencontre fut néanmoins organisée. Soirée cinéma. Le film n'était qu'un prétexte. *Proposition indécente.* Qui se déplace pour voir ça ? Nous étions un groupe de six ou sept, alors cela ne ressemblait pas trop à une date. Pierre s'était tout de même arrangé pour que je me retrouve à côté de Julie. Pendant la première moitié du film, nous ne nous sommes pas adressé la parole, et aucun de nous deux n'osait utiliser l'accoudoir commun. Puis, à un moment donné, elle est allée aux toilettes et, à son retour, elle m'a demandé ce qui s'était passé à l'écran en son absence. Je lui ai répondu la vérité : je ne suivais pas vraiment le film. Robert Redford venait de partir en hélicoptère avec Demi Moore, mais je n'avais aucune idée de leur destination. Je ne savais même pas qui était le personnage de Robert Redford par rapport à celui de Demi Moore. Elle a éclaté de rire, m'a avoué qu'elle non plus n'arrivait pas à se concentrer sur *Proposition indécente.* Puis nous nous sommes mis à papoter comme des vieux amis, sans plus nous soucier de ce que fabriquaient Demi et Robert.

C'est ce que nous sommes devenus à partir de cette soirée-là : des amis. De l'avoir rencontrée dans un contexte social, d'avoir plaisanté avec elle, avait fait voler en éclat l'image romantique que je m'étais faite d'elle en la côtoyant de loin pendant les répétitions du *Fantôme.*

On se parlait au téléphone presque tous les jours, et on se voyait de temps en temps. On jouait à *Super Mario World,* on louait des films d'horreur bas de gamme, on empruntait la voiture de ma mère et on allait brûler de l'essence dans les campagnes environnantes. On partageait les mêmes plaisirs coupables. On se demandait si les lettres que recevaient Betty et Véronica dans leur courrier du cœur étaient authentiques ou bien si elles étaient écrites par l'équipe de rédaction. Je ne sais pas si elle me croyait amoureux d'elle. En tout cas, elle ne mentionnait jamais son chum devant moi. Elle savait que je savais qu'elle savait que je lui avais écrit cette lettre dans laquelle je lui déclarais mon amour, mais nous n'en parlions jamais. J'aurais eu envie de lui expliquer que ça n'avait été qu'un jeu, que je n'éprouvais pas réellement les sentiments excessifs que j'avais exprimés dans cette lettre, mais je ne trouvais pas le biais pour amener le sujet, alors j'ai laissé le non-dit flotter entre nous.

Et puis, petit à petit, sans que je me rende compte de ce qui m'arrivait, un peu comme la fameuse grenouille qui meurt ébouillantée sans s'en apercevoir parce qu'elle s'habitue graduellement à la température de l'eau, je suis réellement tombé amoureux de Julie Parent. J'en suis venu à éprouver pour de bon ces sentiments excessifs dont j'avais tartiné ma missive. Je pensais à elle sans arrêt, je ressentais quelque chose comme du désespoir quand je passais un jour sans lui parler, je ne vivais que pour notre prochaine rencontre (je m'arrangeais même pour provoquer des rencontres impromptues), j'étais devenu beaucoup plus *self-conscious* en sa présence. En moins d'un mois, je suis passé d'amoureux-pour-rire, à ami, à amoureux-pour-vrai, tout cela sans que mon attitude extérieure ne change d'un poil. Il ne me serait jamais venu à l'idée de « faire un move », de lui déclarer ma flamme, de manœuvrer dans le but d'évincer mon rival. Cela ne faisait simplement pas partie de mes schémas mentaux.

17

Dans son roman inédit *L'impératrice de la nuit,* racontant son amour à sens unique pour Catherine Gendreau, Jean-Philippe Morin décrit la condition d'amoureux transi à l'époque d'Internet, les interminables vigiles sur Facebook à scruter le télex, à faire l'exégèse du moindre commentaire, à manœuvrer subtilement afin d'attirer l'attention de la fille qui nous obsède.

À l'été 1994, Facebook n'existait pas, alors je ne pouvais pas cyberstalker Julie Parent. Je ne pouvais pas angoisser parce qu'elle avait vu mon dernier message à quinze heures vingt-huit et qu'elle ne m'avait toujours pas répondu à dix-sept heures vingt-trois ; je ne pouvais pas étouffer de jalousie parce qu'elle avait liké le commentaire pas si spirituel d'un autre gars, alors qu'elle n'avait pas daigné liker mon dernier statut ; je ne pouvais pas éplucher le profil des gens figurant dans sa liste d'amis en me demandant « Qui est ce type par rapport à elle ? »

À l'été 1994, j'étais amoureux d'une fille qui ne m'aimait pas. Cela me faisait des trous dans l'âme, bien sûr, mais des trous faits à la main, pas à l'ordinateur. Je fais partie de la dernière génération à se souvenir d'un monde sans Internet. J'étais un stalker analogique, et cela me soulage un peu, avec le recul.

18

À l'été 1994, j'écrivais des petites histoires idiotes que je conservais dans un cartable gris. Des histoires avec des glutes, des lanceurs de nains, des psychopathes, des tondeuses à gazon hantées et des animaux fantastiques. Je disposais d'un lectorat composé d'une dizaine de personnes : ma sœur Marie, Pierre Duplessis, Christine Doyon, Julie Parent, Patrick Douville, Daniel Laing, Évie Mandeville, Isabelle Bousquet, et peut-être quelques autres dont je ne me souviens plus. Cela me suffisait pour continuer à écrire. Il m'arrivait également de composer des poèmes dans lesquels je faisais rimer « Éric Vandal » avec « traitement de canal », mais je les gardais pour moi.

Que j'écrivasse ne me rendait pas excentrique aux yeux d'autrui. Personne ne trouvait qu'il s'agissait d'un passe-temps original. Je connaissais beaucoup de gens qui écrivaient. Les tiroirs de Daniel Laing étaient remplis de débuts de roman et d'histoires. L'une d'elles s'intitulait *Chapitre 27,* parce que Dan était, déjà à l'époque, persuadé qu'il ne mènerait jamais un projet à terme et qu'il n'aurait en conséquence jamais l'occasion de taper les mots « Chapitre 27 », sauf à donner ce titre à l'un de ses manuscrits. Pierre Duplessis écrivait des histoires d'horreur calquées sur celles de Clive Barker. Alexis, le frère de Max, écrivait des nouvelles. Il traînait ses manuscrits partout avec lui et il les a tous perdus le jour où il s'est fait voler son sac dans le parc. Patrick Douville m'envoyait les textes qu'il écrivait dans ses cours de création littéraire, au cégep de Trois-Rivières.

En plus de mes petites histoires idiotes et de mes poèmes clandestins, j'entretenais une abondante correspondance avec Patrick Douville. Nous n'habitions pas si loin l'un de l'autre (il vivait à Saint-Tite), et il nous arrivait de nous voir, notamment pour les tournages d'*Et vive les mouches !*, mais notre relation était avant tout épistolaire. Je connaissais Patrick de vue depuis le secondaire, mais lui et moi ne sommes réellement devenus amis que lors de la deuxième session de notre première année de cégep. Nous nous sommes côtoyés pendant à peine trois mois, puis il est parti à Trois-Rivières, pour des raisons que j'ai oubliées. (Il n'y avait peut-être pas de raisons, Patrick était quelqu'un qui avait besoin de changer d'air.) À partir de ce moment, nous nous sommes mis à nous écrire des lettres-fleuves, dans lesquelles nous nous racontions nos petites affaires avec un luxe de détails. Comme il s'agissait de lettres de papiers, de lettres d'avant l'époque des e-mails, nous prenions notre temps, nous pouvions mettre une semaine pour terminer une lettre. S'il nous venait une idée à la dernière minute, ou si un événement digne d'être narré survenait, nous l'ajoutions en post-scriptum. Il n'était pas rare que nos lettres comportassent des post-post-scriptum, des post-post-post-scriptum, des post-post-post-post-scriptum. Nous parlions de Wilfredo Cordero et de Boris Vian. Nous déblatérions contre nos connaissances communes. Il me racontait sa relation moribonde avec Suzie et me parlait de cette Jacinthe de Saint-Tite, qui le troublait et avec qui son frère entretenait une vague idylle. Je radotais à propos de Julie Parent et je lui faisais part de mes combines pour éviter le marché du travail le plus longtemps possible.

19

Trouver un emploi ne faisait pas partie de mes plans pendant cette sabbatique, aussi étais-je fauché en permanence. Durant les trois premières semaines de l'été 1994, j'avais travaillé comme employé de maintenance à l'École secondaire Du Rocher. Un emploi plutôt bien payé et pas trop forçant, traditionnellement réservé aux fils des enseignants de Du Rocher. On me confiait des tâches simples, n'impliquant pas le maniement d'outils : coller les bandes antidérapantes dans les escaliers, faire le ménage des entrepôts, vider les classes de leur mobilier afin que les gens de l'entretien puissent récurer et cirer les planchers, etc. J'avais amassé un pécule d'environ mille cinq cents dollars, que je ne m'étais pas soucié de faire durer.

À l'été 1994, j'étais fauché comme les blés, mais je m'en balançais. La vie ne me coûtait rien. J'habitais chez ma mère, où le frigo était toujours plein, tout comme le réservoir de l'auto, et où je n'avais qu'à jeter mes vêtements sales dans le panier pour qu'ils réapparaissent dans mes tiroirs, bien pliés et fleurant bon la brise matinale. Je n'étais aux prises avec aucune dépendance ruineuse, et mes loisirs étaient peu coûteux.

Ajoutons qu'à cette époque, je pratiquais le vol à l'étalage de façon intensive, ce qui aidait beaucoup à mon train de vie.

Si, par exemple, il me prenait l'envie d'aller voir les films de la semaine au Cartier, je passais d'abord au marché Richelieu à côté de chez Lacombe et frères, je glissais deux ou trois canettes de Bull Max et des grignotines dans mes pantalons (ou dans mon parapluie si le temps s'y prêtait), et je mettais le cap sur Shawi. L'entrée au Cartier était pratiquement gratuite : deux dollars pour un programme double. Je pouvais donc passer la soirée à boire de la bière et à manger des cochonneries en regardant deux films, tout ça pour une poignée de petit change. Si j'avais besoin de liquidité, pour payer ma part sur une caisse de bière, ou pour passer la soirée au Mouton ou au Café de la Voûte, j'allais voler une quelconque babiole électronique chez Radio Shack, je la sortais de son emballage et j'allais la vendre au pawnshop opéré par les Blatnois, près du Hong Kong café. Je volais des livres chez Clément Morin, des cartes de *Magic* à la Maison Plein-Jeu, des bouteilles à la SAQ. Max me faisait souvent la morale, mais c'était uniquement parce qu'il était jaloux que rien ne me coûte jamais rien, et qu'il était trop pissou pour m'imiter. À l'été 1994, j'étais un petit voleur.

20

À la Saint-Jean 1994, je suis tombé sur Mélanie, celle qui allait devenir ma blonde l'année suivante, qui est toujours ma meilleure amie aujourd'hui, que je ne connaissais à l'époque qu'en tant qu'« amie à Christine ». Elle avait rendez-vous avec des amis aux blocs de béton près de l'entrée du parc donnant sur la Sixième Rue ; j'étais avec Max et nous allions rejoindre Pierre près de l'abreuvoir. (La Saint-Jean de Grand-Mère est un événement chaotique où l'on passe son temps à perdre ses amis dans la foule. Il est donc primordial de prévoir des points de ralliement.) On a jasé un peu et, dans le courant de la conversation, elle m'a annoncé que c'était fini entre elle et Benoît (ou Coquille, pour ceux qui le connaissent). Plus tard dans la soirée, j'ai croisé Coquille et je lui ai dit : « Man, j'ai vu ton ex tantôt.

– Mon ex ?

– Bin oui, Mélanie.

– Euh… on est encore ensemble.

– Oh. »

J'ai appris plus tard que Mélanie avait décidé de laisser Benoît, mais qu'elle ne lui avait pas encore dit à ce moment-là. À la Saint-Jean 1994, dans la file pour les toilettes chimiques, j'ai annoncé à Coquille qu'il était célibataire.

21

C'est à l'été 1994 que j'ai mieux connu Ysaël. À l'époque où il était mon beau-frère en titre, un an plus tôt, je l'utilisais comme intermédiaire quand Pierre et moi voulions acheter du LSD. Il avait ses entrées dans le Grand-Mère underground. Il connaissait toutes les épaves, tous les toxicos, les alcooliques, les fous et les bandits à la petite semaine qui rôdaient autour du parc Saint-Paul. Il était à tu et à toi avec Tony Toon, Armand, Val, Cookie, Matteau, Yeux-de-fou et les autres. Pierre et moi lui donnions rendez-vous derrière l'église. Là, nous lui refilions dix dollars, avec lesquels il filait chez Ti-Pratte, d'où il nous ramenait deux pinottes jaunes. Il nous déconseillait de faire de la bleue, trop intense, trop de risque de badtrip. La rouge, on n'en parlait même pas. Ysaël disposait d'un vaste répertoire d'anecdotes, pour la plupart apocryphes ou enfin largement exagérées, sur les périls de la pinotte rouge.

Ce n'est qu'à l'été 1994, donc, que j'ai appris à le connaître autrement qu'en tant que spécialiste de la pinotte. Il ne se remettait pas de sa rupture avec ma sœur (cinq ans plus tard, alors que j'habiterais avec lui à Trois-Rivières, il commencerait encore la moitié de ses phrases par : « Tsé, man, ta sœur, là... »), et il rôdait souvent autour de chez nous. Il m'arrivait de tomber dessus quand je sortais flâner. Nous faisions parfois quelques pâtés de maisons ensemble. Il ne démordait pas volontiers de son idée fixe, il voulait savoir si, à mon avis, ses chances de revenir avec ma sœur étaient existantes. Est-ce qu'elle parle de moi ? Qu'est-ce qu'elle dit quand elle parle de moi ? Penses-tu que ça va toffer, elle pis Corriveau ? Je m'efforçais de ménager ses sentiments tout en répondant le plus honnêtement possible, ce qui relevait du numéro d'équilibriste. Ma sœur considérait Ysaël de la même manière que Julie Parent me considérait : elle l'aimait bien, était tout à fait disposée à être son amie, mais il n'occupait qu'une place marginale dans ses pensées.

À force de discuter avec lui, j'ai découvert avec surprise qu'Ysaël Pépin était un compagnon fort agréable, doté d'un tour d'esprit original et d'un humour semblable au mien. (À cette époque, c'était toujours « avec surprise » que je découvrais qu'une personne était autre chose qu'une grosse marde insignifiante. Je jouais les probabilités.)

Nous avons pris l'habitude de boire une bière ensemble, de temps en temps, dans la balançoire face à face derrière chez lui. Il m'a initié à *Magic : The Gathering,* m'a entraîné dans des sous-sols de bungalows où des geeks boutonneux s'échangeaient des cartes et se disputaient sur des points de règlements. J'ai atteint un bon niveau assez rapidement puisque je n'avais pas besoin d'acheter mes « booster packs », je les chipais dans le présentoir de la Maison Plein-Jeu, au nez et à la barbe du gros Chib. Ysaël et moi passerions l'hiver suivant dans la cuisine de sa mère, à boire du café en nous lançant des « fireballs » et des « howl from beyond » par la tête, en disant je t'attaque avec mon Shivan Dragon, je te bloque avec mon Serra Angel, « counterspell, last in first out ».

22

À l'été 1994, j'ai un peu frayé avec Évie Mandeville. Elle était amoureuse de moi, ou enfin elle s'amusait à se le faire croire. Elle avait déclaré à ma sœur ou à Dan, je ne sais plus, que j'étais « le pétard du siècle ». Mais Évie ne faisait pas toujours preuve d'un très bon jugement. Quoi qu'il en soit, elle venait de rompre avec Patrice Lépine, j'étais célibataire, le timing était idéal, elle s'est arrangée pour qu'on se rencontre.

Je suis allé la voir dans sa grande maison de Garneau, où elle habitait avec ses parents (des beatniks repentis qui s'étaient tournés vers le Seigneur après avoir lâché la drogue), ses deux sœurs et son golden retriever baptisé Caillou-Pendule-Nuage. Nous avons marché dans les rues de Grand-Mère en jasant de choses et d'autres, nous avons pris quelques cafés à la Voûte. Je n'arrive pas à me souvenir si les choses sont devenues un peu physiques entre nous. Je ne crois pas. Ce qui est sûr c'est qu'elle et moi n'avons jamais vraiment connecté. Je n'étais pas assez Patrice Lépine à son goût, elle n'était pas assez Julie Parent au mien. Avant la fin de l'été, elle avait repris avec Patrice Lépine, et moi j'avais repris l'habitude de rôder au coin de la Quatorzième et de la Septième.

Quelques mois plus tôt, j'avais également trouvé que Dominique Boucher, qui m'avait écrit une lettre gentille et maladroite, et m'avait offert une brosse à dents avec son prénom écrit sur le manche, n'était pas assez Julie Parent. Même chose pour Jacinthe Mongrain, cette amie de Dan, qui avait décidé de s'amouracher de moi pour des raisons floues.

En 1994, je n'étais pas arrangé pour faire la fine bouche, mais je faisais la fine bouche quand même.

23

Suzie Walsh, la blonde de Patrick Douville, étudiait en Communication. Dans le cadre d'un cours d'été, elle avait décidé de soumettre un projet d'émission à Câblodistribution le Rocher, la chaîne de télévision communautaire de Grand-Mère. Elle se chargerait de la production et de la réalisation. Le contenu de l'émission n'avait pas beaucoup d'importance dans le contexte du cours, mais enfin, cela prenait tout de même du contenu, alors Suzie avait demandé l'aide de Patrick, qui s'était empressé de nous réquisitionner, Pierre Duplessis et moi. À nous trois, nous trouverions le moyen de meubler une heure de télé hebdomadaire. Nous étions des garçons imaginatifs.

Le titre *Et vive les mouches !* était un vers tiré de l'imbuvable recueil de poèmes *Hypnose, suivi de Pulsion* écrit par François de Vernal, notre ancien prof de Courants littéraires. Au départ, cela devait être une émission vaguement culturelle, avec chroniques informatives, tables rondes et critiques. Ce cadre a été plus ou moins respecté au début mais, dès la deuxième émission, *Et vive les mouches !* a sombré dans la pure déconnade. Nous nous rendions à la fête de la Solidarité de Saint-Narcisse ou à la Classique de canots, y tenir des vox pop bidon ; nous réalisions des reportages absurdes et mensongers sur diverses institutions grand-méroises ; nous écrivions des sketches et des chroniques sans queue ni tête. Rémi-Pierre Paquin et ses amis venaient parfois ajouter leur grain de sel, ce qui ne contribuait pas à augmenter le niveau de sérieux de l'affaire.

Pierre n'avait mis que quelques minutes à maîtriser la table de montage du studio, au point de pouvoir en remontrer aux gens de Câblodistribution le Rocher. Grâce à son habileté technique, l'émission avait un certain rythme et semblait presque dotée d'un budget. Enfin, on se trouvait drôles entre nous. Bien que productrice et réalisatrice en titre, Suzie n'a jamais touché à la table de montage ni à la caméra. Elle restait sagement assise dans son coin. Je n'ai jamais pensé à lui demander la note qu'elle avait obtenue à ce cours d'été.

Nous commencions à peine à trouver notre erre d'aller quand l'émission fut retirée des ondes sans préavis. À cette époque, Câblodistribution le Rocher était détenu majoritairement par la famille Matteau, dont la Matriarche, madame Rita Matteau, tenait par-dessus tout à ce que la Neuvaine du Sanctuaire du Cap-de-la-Madeleine fût diffusée le plus souvent possible sur les ondes de « sa » télé communautaire. Si vous syntonisiez le canal 11 à n'importe quelle heure du jour et de la nuit, il y avait de fortes probabilités pour que vous tombiez sur une messe. C'est sans doute en voulant visionner une rediffusion de la Neuvaine que madame Matteau est tombée sur *Et vive les mouches !* Le jour même, la directrice de la programmation nous informait que nous étions *persona non grata* dans les locaux de Câblodistribution le Rocher, ainsi que dans toutes les infrastructures appartenant à la famille Matteau.

24

Un certain jour de l'été 1994, Julie Parent et moi avons décidé que cela pourrait être une activité tout à fait amusante que d'aller passer une journée à la Ronde sous l'influence du LSD. J'emprunterais l'auto de ma mère, que je garerais devant chez ma grand-mère, rue de Cadillac. De là, nous prendrions le métro jusqu'à l'île Sainte-Hélène. Nous goberions nos pinottes jaunes juste avant de passer le tourniquet de la Ronde. Nous ne savions pas que nous étions alors en pleines vacances de la construction et que les files d'attente pour les manèges risquaient d'être longues. De toute façon, l'aurions-nous su que cela n'eût pas ébranlé notre résolution.

Comme de fait, il fallait compter deux bonnes heures pour accéder au Monstre ou au Volcanosaure. Nous nous en balancions. Les pupilles dilatées et la mâchoire crispée, nous errions dans la foule en tenant des propos décousus et en riant à en avoir mal au ventre, fascinés par les gens, les sons et les couleurs. Parfois, nous entrions dans une file d'attente pour un quelconque manège, nous y restions une heure puis nous repartions. Nous avions établi un palmarès de nos files d'attente préférées. Nous trouvions celle du Boomerang plutôt sympathique, tandis que celle du Super-Manège nous semblait un brin hostile. La file d'attente pour le McDonald manquait de personnalité, celle du Volcanosaure affichait un petit air supérieur qui ne nous revenait pas. Dans les dix heures que nous avons passées sur le site, nous avons sans doute fait trois tours de manège. Nous sommes tout de même rentrés avec l'impression d'en avoir eu pour notre argent.

J'avais compté qu'à la fin de la soirée l'effet de la drogue serait à peu près dissipé, et que je serais en mesure de prendre la route. Mais j'ai dû me rendre à l'évidence, de retour rue de Cadillac : je n'avais aucun souvenir quant à la manière dont il fallait s'y prendre pour opérer un véhicule automobile. Nous avons demandé l'hospitalité à ma grand-mère. Cette nuit-là, j'ai dormi avec Julie Parent dans le grand lit de la chambre d'ami.

25

L'été 1994 s'est terminé par la traditionnelle visite au festival western de Saint-Tite. Le gallon de vodka jus d'orange que l'on se passait, l'odeur de crottin et de friture, les cris des bonimenteurs, Jack le veau à six pattes et les fœtus d'animaux difformes dans le formol, sous la tente où l'on entrait pour un dollar, Jeanne-Mance Cormier, Dominique G, Pascal Gauthier croisé sur le perron de l'église déclarant que « moi, ma drogue, c'est la moto » sans aucune raison, Ysaël, ivre mort, répétant à chaque quidam qu'il croisait cette réplique tirée de je ne sais quel film : « So you think your Kung Fu is pretty good, eh ? », passant proche de se faire péter la gueule une centaine de fois, Julie qui avait envie de dessiner.

C'est un peu après cette soirée au festival qu'elle m'a appelé pour me dire qu'elle avait laissé Éric Vandal. Enfin, elle avait pris un break, le temps d'y voir clair dans ses sentiments, parce que peut-être que. Et moi qui ai figé comme un chevreuil dans les phares d'une voiture, qui ai bredouillé je ne sais plus quoi et qui suis allé faire une longue, très longue marche dans les rues de Grand-Mère. Une semaine après, Julie avait repris avec Éric Vandal. À partir de là, notre relation est devenue un peu ambiguë. Elle a trompé son chum avec moi à quelques reprises, ce qui ne m'a apporté aucune satisfaction : elle avait décidé du casting, les rôles étaient distribués une fois pour toutes. Nous avons peu à peu cessé de nous voir au cours de l'hiver. J'avais de ses nouvelles par Dan. Elle a fini par épouser Éric Vandal (ils ont divorcé au bout de quelques années), elle a déménagé à Montréal, où elle a étudié en journalisme. Elle a un temps collaboré à *P45,* le magazine piloté par Nicolas Langelier, et puis elle a fini par disparaître de la surface de la Terre. Google et Facebook qui, habituellement, savent tout sur tout le monde, ne savent rien d'elle.

26

Le jour où Mélanie Cabay est disparue dans les rues d'Ahuntsic, la chanson numéro un au palmarès était la reprise de *Love Is All Around* par Wet Wet Wet. *The Sign,* du groupe pop suédois Ace of Base, serait couronnée chanson la plus populaire de 1994 par Billboard. Oui, Kurt Cobain était bel et bien mort. Je m'en balançais, j'aimais bien *The Sign.* Il m'arrive encore de l'inclure dans les compils que j'écoute dans l'auto. Ma chanson préférée à l'époque était toutefois une pièce des Sundays, dont je ne me rappelle pas le titre (il est possible que je ne l'aie jamais su). Comme elle ne tournait jamais à Musique Plus et que YouTube n'existait pas à l'époque, je ne l'entendais que dans la chambre de Daniel Laing, les fois où j'allais chez lui jouer à *Civilization II* sur son 486, en buvant des petites Laurentides.

Dans une de ses lettres, Patrick Douville citait *Juste une p'tite nuite* des Colocs (il les avait vus en spectacle à Montréal au printemps), ainsi que *Pennyroyal Tea* de Nirvana (« I'm on warm milk and laxatives / Cherry-flavored antacids / Sit and drink Pennyroyal Tea / Distill the life that's inside of me / I'm anemic royalty / I'm anemic royalty »), tirée de l'album *In Utero,* qu'il écoutait en boucle. À l'été 1994, Pat aimait les chanteurs suicidaires.

À l'été 1994, je lisais *Nightmares and Dreamscapes* de Stephen King et un pavé de la collection Bouquins contenant tous les romans des sœurs Brontë. Je volais mes livres chez Clément Morin ou à la bibliothèque Hélène-B.-Beauséjour. (Je possédais une carte de bibliothèque, mais elle était suspendue parce que je leur devais trop d'argent.)

Forrest Gump, qui allait gagner l'Oscar du meilleur film cette année-là, ne m'avait pas marqué outre mesure. À mon avis, *Pulp Fiction, The Lion King* et *Dumb and Dumber* lui étaient largement supérieurs. Je suis allé voir *Pulp Fiction* quatre ou cinq fois pendant la semaine où il a été à l'affiche au Cartier.

À l'été 1994, Foglia couvrait la Coupe du monde de soccer, qui se déroulait pour la première fois dans un pays où tout le monde se crisse du soccer. Moi aussi je me crissais du soccer, ce qui ne m'empêchait pas de lire tous les comptes rendus de Foglia. Ma mère était abonnée à *La Presse,* mais je ne me souviens pas l'avoir vue lire le journal. Elle faisait les mots croisés en déjeunant. En ce qui me concerne, j'épluchais le cahier des sports minutieusement, je connaissais la moyenne au bâton de chacun des frappeurs des Expos, et la moyenne de points mérités de chacun des lanceurs. Pour le reste, je me contentais de survoler les manchettes. Je ne lisais en entier que les articles qui parlaient de Mélanie Cabay.

À l'été 1994, je me demandais souvent qui avait tué Mélanie Cabay.

Qui a tué Mélanie Cabay ?

(On parle pour parler)

27

Les journalistes et les simples amateurs de faits divers raffolent des théories unificatrices pour expliquer les meurtres non résolus. Il suffit que trois ou quatre morts violentes surviennent dans un laps de temps relativement court sur un territoire donné pour que l'inquiétante silhouette du tueur en série surgisse dans la presse. Et, pour peu que les victimes présentent des similitudes entre elles, qu'elles soient du même sexe, de la même tranche d'âge et qu'elles aient été tuées d'une manière à peu près semblables, on affuble le tueur d'un joli surnom, la plupart du temps inspiré de sa manière de tuer (Jack l'Éventreur, l'Étrangleur de Boston, le Cannibale de Milwaukee), ou encore de ses habitudes de chasses (le Maniaque de la pleine lune, the Grim Sleeper, the Freeway Killer).

Comme je l'ai mentionné dans les premières pages de ce récit, on a tôt fait de relier la disparition de Mélanie Cabay à d'autres événements analogues survenus à Montréal au cours des années précédentes. Le journaliste de *La Presse* avançait (très prudemment, il faut le dire) qu'il se pouvait qu'une seule personne soit responsable des meurtres de Marie-Claude Côté, Chantal Brochu, Danielle Laplante, Claire Samson, Wilton Lubin, Sébastien Métivier et Marie-Ève Larivière. À l'hiver 2017, cette théorie unificatrice, bricolée à la va-vite pour les besoins de la cause, tient-elle encore la route ? Non. Certes, le meurtrier de Marie-Claude Côté n'a jamais été arrêté, il est donc tout à fait possible qu'il ait également tué Mélanie Cabay. Par contre, le meurtre de Chantal Brochu (assassinée à la sortie d'un bar montréalais en septembre 1992) a été résolu en 1994, lorsque Benoit Williston, détenu à la prison de Sherbrooke, a avisé les autorités que son codétenu, Robert Leblanc, lui avait confié être l'auteur du crime. Lors d'un premier interrogatoire, Robert Leblanc niera les faits, mais il finira par avouer. En janvier 1996, il sera condamné à la prison à perpétuité sans possibilité de libération conditionnelle avant vingt-cinq ans.

Bien que Chantal Brochu et Mélanie Cabay aient été assassinées selon le même *modus operandi* (violées, battues, étranglées, abandonnées nues à plusieurs kilomètres du lieu où elles ont été enlevées), rien n'indique que ce Robert Leblanc ait été interrogé pour le meurtre de Mélanie Cabay. Pourquoi ? Parce que l'affaire Chantal Brochu était sous la responsabilité du SPVM, alors que le dossier de Mélanie Cabay était entre les mains de la SQ, et qu'il n'existe aucun protocole d'échange de renseignements entre les deux corps policiers ? Parce que les enquêteurs chargés de l'interrogatoire de Robert Leblanc n'y ont simplement pas pensé ? Il se peut, bien sûr, que Robert Leblanc ait effectivement été interrogé au sujet de Mélanie Cabay et qu'il ait disposé d'un alibi inattaquable pour le soir du 22 juin 1994.

Les meurtres de Danielle Laplante et de Claire Samson (séquestrées, violées et poignardées le 13 mars 1990, dans la boutique où elles travaillaient toutes deux) ont également été élucidés depuis. Bien qu'il n'ait jamais été accusé pour ce crime, Agostino Ferreira a avoué être responsable de la mort des deux jeunes femmes. Cet ancien serveur d'origine portugaise n'avait de toute façon pas grand-chose à perdre, puisqu'il venait d'être déclaré délinquant dangereux au moment de ses aveux. Cela signifie, en gros, qu'il ne pouvait pas aggraver son cas car, quoi qu'il arrive, il ne sortira jamais de prison. Il était en liberté le 22 juin 1994. S'il avait quelque chose à voir dans la mort de Mélanie Cabay, j'imagine qu'il s'en serait vanté.

Pour ce qui est des autres noms cités dans l'article, Sébastien Métivier, Wilton Lubin et Marie-Ève Larivière, ils se retrouvent aujourd'hui au cœur d'une nouvelle théorie unificatrice échafaudée par les policiers. Les jeunes Tammy Leaky, Denis Roux-Bergevin et Pascal Poulin font également partie de la liste des victimes de ce tueur en série théorique, telle qu'établie par la GECS (l'équipe de Gestion d'enquêtes sur les crimes en série), un service de la SQ créé en 2005. De nombreuses similitudes entre les dossiers (l'âge des victimes, le fait qu'elles aient été agressées sexuellement) ont amené les détectives de la GECS à les regrouper. Un profil du tueur a été dressé par des spécialistes du comportement. L'enquête n'a toutefois toujours pas permis de mettre la main sur le meurtrier, ni même de prouver hors de tout doute que ce dernier soit une personne empirique.

28

Le Bootlace Killer est un autre de ces croquemitaines dont on ignore s'il est un être de chair et de sang ou une simple vue de l'esprit.

Le 29 mars 1975, Sharron Prior quitte le domicile familial de la rue de la Congrégation, à Pointe-Saint-Charles, pour se rendre à la pizzéria Marina, située à l'angle de l'avenue Ash et de la rue Wellington. Un trajet de cinq minutes à pied. Elle n'atteindra jamais sa destination. Son corps sera retrouvé au matin du deux avril, dans un terrain boisé de Longueuil. L'autopsie montrera que Sharron Prior avait été violée et battue avant d'être déposée à cet endroit. Elle portait un chandail, une veste légère et des chaussettes. Sa petite culotte était accrochée à la branche d'un arbre, à quelques mètres de là. Les policiers ont également retrouvé un t-shirt d'homme ayant vraisemblablement servi à attacher la victime. La taille du t-shirt, de même que la profondeur de l'empreinte de soulier trouvée près des traces de pneus, indiquent un individu mesurant environ six pieds et pesant près de deux cents livres. La position du cadavre suggérait que la jeune fille était toujours vivante lorsqu'elle a été abandonnée à cet endroit. Elle tenait une branche à la main et une de ses jambes était pliée, comme si elle avait tenté de se lever après le départ de son agresseur. Les médecins légistes ont plus tard déterminé que Sharron Prior était morte depuis une vingtaine d'heures lors de la découverte de son corps, ce qui signifie qu'elle a été séquestrée pendant deux jours avant d'être tuée.

À l'instar de Mélanie Cabay, Sharron Prior était décrite par ses proches comme une fille prudente, qui n'aurait jamais accepté de monter dans la voiture d'un inconnu. Pourtant, l'une et l'autre ont vraisemblablement fait confiance à leur agresseur. Si ce dernier les avait enlevées à la pointe du couteau, en pleine rue, elles auraient crié, se seraient défendues, et cela aurait ameuté les résidents alentour. La question qui se pose alors est : avec qui accepterait de monter une fille qui, en temps normal, refuse de monter avec les inconnus ? La réponse évidente : avec une autre fille. Bien sûr, Mélanie Cabay, Sharron Prior, Hélène Monast et les autres n'ont pas été violées, torturées et tuées par une femme. Ce sont les hommes qui font ces choses. L'on peut cependant penser à un duo à la Paul Bernardo et Karla Homolka, dans lequel la femme attire la victime dans le piège, en feignant d'avoir besoin d'aide, ou quelque chose comme ça. D'ailleurs, dans un article paru plus d'un an après le meurtre de Sharron Prior dans *Allô Police* (édition du 23 mai 1976), le journaliste semble tenir pour acquis, sans préciser pourquoi, que la jeune fille avait été enlevée par plus d'un ravisseur. « Treize mois après le drame, les policiers lancent un appel au public : aidez-nous à retrouver les assassins de Sharron ». Steve Kowch, de *The Gazette,* écrivait quant à lui : « The investigator believes more than one person was involved in the murder », encore une fois sans faire état des indices ayant mené à cette hypothèse.

Bien sûr, il est possible que Sharron Prior ait effectivement été enlevée à la pointe du couteau en pleine rue. D'ailleurs, le jour de la disparition de Sharron Prior, une autre femme du quartier, Sheryl Roy, fut victime d'une tentative d'enlèvement dans la rue Le Ber, à quelques centaines de mètres du restaurant où Sharron avait rendez-vous. « I was walking along Le Ber street on the way to the pharmacy to get diapers for my baby, when this man passed by me walking in the other direction [...] He walked right by me and had his hands in his pockets. He looked as he lived in the aera. He didn't do anything and was walking normally. A few minutes later I heard footsteps behind me. Right in the middle of Wellignton street. It sounded like someone in a rush and I turned around real quick. He grabbed me around the waist with his left arm and put his right arm around me neck. I saw a black handle, then a long blade. He had a strong grip on me. »

Sheryl Roy décrit son agresseur comme un homme d'environ trente ans, aux yeux bleus, mesurant six pieds, pesant deux cents livres et arborant une moustache carrée. Après qu'elle eut supplié l'homme de prendre sa bourse, et qu'il lui eut répondu qu'il n'avait rien à faire de sa bourse, que c'était elle qu'il voulait, elle s'est débattue et s'est mise à hurler. Ses cris ont alerté un garçon de douze ans qui passait par là. L'homme a alors lâché prise et s'est enfui en courant. Il était dix-neuf heures, soit le moment exact où Sharron Prior a été vue pour la dernière fois.

Il semble que les policiers n'aient pas pris au sérieux le témoignage de Sheryl Roy. Les mensurations qu'elle prête à son supposé agresseur correspondent au signalement du meurtrier de Sharron Prior, mais ces informations circulaient déjà dans la presse au moment où Sheryl Roy s'est décidée à contacter les policiers. De plus, le fait que le seul témoin de l'agression (le garçon de douze ans), était une connaissance de Roy éveille la suspicion. Elle raconte que l'agression a duré cinq ou six minutes. Elle aurait hurlé à pleins poumons durant cinq ou six minutes dans un quartier à forte densité de population sans que personne l'entende, hormis ce jeune homme de sa connaissance ? Et puis, d'un point de vue psychologique, le récit tient mal la route. Après son agression ratée, l'homme à la moustache carrée, sachant que sa victime avait peut-être alerté les policiers et que ces derniers pouvaient rappliquer d'une minute à l'autre, aurait commis une seconde agression, à un pâté de maison de là ? Il se peut bien sûr que les deux événements ne soient pas reliés, que l'agresseur de Sheryl Roy et celui de Sharron Prior soient deux personnes différentes. Mais alors, quelles sont les probabilités pour que deux maniaques sexuels (tous deux mesurant six pieds et pesant deux cents livres) aient décidé au même moment d'enlever une femme dans le même quadrilatère de Pointe-Saint-Charles ? Quoi qu'il en soit, la description fournie par Sheryl Roy n'a jamais été utilisée par les policiers.

En 2004, l'enquête sur le meurtre de Sharron Prior fut relancée grâce à un informateur dont l'identité n'a pas été rendue publique. Selon cette source, la jeune fille aurait été séquestrée dans un garage situé au coin des rues Fortune et Favard, tout près du domicile de ses parents. L'endroit fut perquisitionné, mais on n'y découvrit rien, ni trace d'ADN ni aucun autre indice indiquant que Sharron Prior ait pu se trouver là. L'histoire ne dit pas à qui appartient ce garage, mais il faut croire que cette personne a été rayée de la liste des suspects, puisque les policiers n'ont procédé à aucune arrestation.

C'est à peu près à cette époque que le criminologue Kim Rossmo, l'inventeur de la technique du profilage géographique, conçut la théorie unificatrice que les médias baptiseraient bientôt the Bootlace Killer. (Ce même Kim Rossmo avait été le premier à affirmer qu'un tueur en série était en activité dans la région de Vancouver. Ses indications menèrent à l'arrestation de Robert Pickton en 2002.) Au départ, cette théorie n'englobait que trois cas : Theresa Allore, Manon Dubé et Louise Camirand, toutes trois enlevées, violées et assassinées dans les Cantons de l'Est à la fin des années 1970. « Three murders of low-risk young women in a 19-month period, in such a tight geographic cluster, is highly suspicious, and not likely to be a chance occurrence. » Il faudrait attendre une autre décennie pour que le nom de Sharron Prior soit ajouté à la liste des victimes probables du Bootlace Killer.

29

Le 3 novembre 1978, une étudiante de dix-neuf ans du Champlain College Lennoxville, dans les Cantons de l'Est, est portée disparue. Son corps sera retrouvé cinq mois plus tard dans un boisé de Compton, près de l'endroit où elle habitait. Les policiers de Sherbrooke, qui n'avaient sans doute pas envie de se charger d'une affaire de meurtre (ils étaient peut-être un peu serrés côté budget, une enquête criminelle coûte cher), conclurent à une mort par overdose, malgré le fait que Theresa Allore avait manifestement été étranglée. Ignorer ce détail était d'autant plus commode que cela leur permettait d'éviter de relier l'affaire au meurtre de Louise Camirand, dont le corps avait été retrouvé à moins d'un kilomètre de là l'année précédente. Louise Camirand avait été violée, sauvagement battue et étranglée à l'aide du lacet d'une de ses bottes.

Par contre, les policiers de Sherbrooke firent preuve de diligence dans l'affaire Manon Dubé. Le meurtre d'une enfant de dix ans attire toujours l'attention des médias et du public. Il s'agit alors de s'activer, ou du moins de faire semblant. Comme ils ne pouvaient tout de même pas coller une overdose à une fillette de cet âge, ils décidèrent qu'elle avait été victime d'un hit-and-run. Un chauffard l'avait heurtée accidentellement et, plutôt que de contacter les autorités, il s'était débarrassé du corps dans un ruisseau, à une quarantaine de kilomètres de l'endroit où elle avait été vue la dernière fois. Une thèse que le criminaliste Kim Rossmo trouve un peu tirée par les cheveux. « Criminals minimize their effort. If they hit, they run. They do not stop, gather up the body, lift it into their vehicle, drive it several kilometres, drag it through the woods in deep snow and dump it in a creek. »

Dans les années 1970, Sherbrooke était un terrain de jeu idéal si vous étiez un tueur en série, ou un simple violeur. La ville était suffisamment populeuse pour garantir l'anonymat, elle abritait un cégep et une université, ce qui fournissait un large bassin de victimes potentielles, et ses policiers auraient fait passer l'inspecteur Clouseau pour un détective d'élite. S'il n'en avait tenu qu'à ces derniers, ces trois meurtres survenus en moins de deux ans sur leur territoire auraient été balayés sous le tapis. Une overdose, un hit-and-run et un meurtre non résolu (cela arrive aux meilleurs).

C'est grâce au travail acharné de John Allore, le frère de Theresa Allore, que les enquêtes ont été relancées et les meurtres reliés entre eux. Il a fouillé les scènes de crimes, des années après les faits, et y a trouvé des indices ayant échappé aux policiers à l'époque. D'une manière ou d'une autre, il est parvenu à mettre la main sur des dossiers d'enquête, des notes et des rapports d'autopsie, ce qui lui a permis de découvrir de nouvelles pistes et d'établir des liens que personne au sein de la police n'avait songé à établir. L'étude des dossiers d'enquête, ainsi que ses contacts fréquents avec les autorités policières et politiques (il est monté jusqu'au Premier ministre Charest), lui a également permis de formuler ce dur constat : « I have been dealing with the Quebec police for 30 years. I think they are completely incompetent. A trained monkey could do a better job of investigation than they could. I am a better investigator than any Quebec law enforcement officer, and I am an amateur. I have a full-time job in government finance. Quebec Police ? You are complete idiots. »

S'appuyant sur les travaux de Kim Rossmo, John Allore a publié une carte interactive montrant les lieux où les femmes disparaissaient à Sherbrooke et à Montréal dans les années 1970, ainsi que l'endroit où leurs corps étaient retrouvés. Il s'agit de l'un de ces cas où une image vaut réellement mille mots. Au début des années 1970, quelqu'un enlevait des jeunes femmes dans les rues de Sherbrooke et de Montréal, les tuait et jetait leurs corps dans des parcs, boisés et terrains vagues autour de la ville.

On peut supposer que le Bootlace Killer, s'il a existé, était un homme dont le travail ou les loisirs l'amenaient à se déplacer entre Montréal et Sherbrooke. Il est donc tentant de lui attribuer les deux meurtres commis à Chambly, sur le trajet reliant ces deux villes, à l'automne 1977.

Le 24 octobre 1977, le corps partiellement nu de Denise Bazinet, serveuse dans un restaurant Saint-Hubert de Montréal, est retrouvé sur le bord de l'autoroute 35, près de Chambly. Elle avait été violée et étranglée avec le lacet d'un de ses souliers. La plupart de ses vêtements avaient été éparpillés un peu plus loin sur l'accotement.

Six semaines plus tôt, le cadavre d'une autre jeune femme, Hélène Monast, avait été découvert dans un parc donnant sur le canal de Chambly. Elle avait fêté son dix-huitième anniversaire la veille. Quelques-uns de ses vêtements et effets personnels avaient été jetés au petit bonheur aux alentours du cadavre. Ses chaussures n'ont pas été retrouvées, cependant les policiers ont demandé aux parents de la victime si leur fille portait des souliers à lacets au moment de sa disparition. Quand la sœur d'Hélène Monast a pu voir le corps, quelques heures plus tard, elle a remarqué une fine marque de strangulation sur le cou.

Quarante ans après la mort de sa fille, Nicole Monast continue de multiplier les démarches pour que le meurtrier soit arrêté. En septembre 2015, elle annonçait qu'une récompense de deux mille dollars serait versée par l'organisme Échec au crime à celui qui permettrait d'arrêter le ou les coupables. Le célèbre chroniqueur judiciaire Claude Poirier s'est rendu à Chambly en 2016, avec une équipe de télévision, pour le tournage d'une émission sur l'affaire Hélène Monast. Il espère que son intervention relancera l'enquête, que des faits nouveaux surgiront, que des gens qui auraient vu ou entendu des choses à l'époque seront plus enclins à se confier à une personnalité publique qu'aux policiers.

Dans la section de son site web consacrée à la théorie du Bootlace Killer (http://theresaallore.com/2015/10/repost-quebec-1977-who-was-the-bootlace-killer/), John Allore dresse une liste (non exhaustive et non officielle) des victimes possibles du tueur.

- Sharron Prior, seize ans, enlevée dans les rues de Pointe-Saint-Charles le 29 mars 1975. Retrouvée morte dans un boisé de Longueuil le matin du 2 avril. Elle avait été violée, battue et étranglée.

- Jocelyne Houle, vingt-quatre ans, infirmière de Chicoutimi en stage à Montréal. Elle disparaît en avril 1977 à la sortie du bar le Vieux Munich, coin Saint-Denis et René-Lévesque (qui s'appelait encore le boulevard Dorchester dans ce temps-là). Son corps sera retrouvé au bord d'une route rurale, à Saint-Calixte, au nord de Laval. « She was sexually assaulted and beaten to death. Articles of clothing were scattered. »

- Katherine Hawkes, trente-quatre ans. Son corps retrouvé près d'une station du CN, au nord de l'île de Montréal, neuf jours après le meurtre d'Hélène Monast, un mois avant celui de Nicole Bazinet. Violée et battue à mort. Ses vêtements éparpillés à quelques mètres du corps.

- Lison Blais, dix-sept ans. Habitant rue Christophe-Colomb, à Montréal, à quelques pâtés de maisons de Denise Bazinet, dont le meurtre remonte à moins d'un an quand Lison est retrouvée morte à son tour. Le meurtrier était parti avec la bourse de sa victime et, pour une raison ou pour une autre, les policiers croyaient que le fait de trouver cet objet était crucial à l'avancement de l'enquête. Une description de la fameuse bourse fut même rendue publique par le SPVM (« Une sacoche en cuir véritable, de couleur noire, de dimensions approximatives de 8'' par 12'' avec double poignée métallique de couleur or »), de même qu'un dessin représentant l'objet. Le portrait-robot de la sacoche ne mena à aucune arrestation mais, en 2006, une bourse correspondant étrangement à la description fut trouvée à l'endroit où le corps de Louise Camirand avait été abandonné en 1977.

- Anonyme, entre dix-huit et vingt-cinq ans. En avril 1977, le cadavre d'une jeune femme fut retrouvé aux abords du Chemin du Lac, à Longueuil, tout près de l'endroit où le corps de Sharron Prior avait été jeté, deux ans plus tôt. Bien que la dépouille fût dans un bon état de conservation, et le visage parfaitement reconnaissable, personne ne se manifesta pour réclamer le corps. Il me semble qu'il est possible d'identifier les cadavres d'après leur fiche dentaire, mais peut-être cette femme n'avait-elle jamais reçu de soins dentaires ? Ou peut-être était-elle une touriste, auquel cas sa fiche dentaire se serait trouvée dans son pays d'origine. Cela expliquerait de surcroît que personne ne l'ait reconnue lorsque sa photo fut publiée dans les grands quotidiens montréalais. Soit, mais si cette fille était une Américaine ou une Australienne de passage, ses parents, ne recevant plus de ses nouvelles, auraient fini par communiquer avec les autorités canadiennes, non ? Et on leur aurait forcément montré la photo de cette fille que l'on venait de trouver morte dans un boisé de Longueuil. Quoi qu'il en soit, aujourd'hui encore, on ignore l'identité de cette victime probable du Bootlace Killer.

- Tammy Leakey, douze ans. Habitant Pointe-Saint-Charles, tout comme Sharron Prior. Disparue le 20 mars 1981 alors qu'elle rendait visite à sa grand-mère. Son corps fut retrouvé dans un champ à Dorval. Elle avait été agressée sexuellement et étranglée à l'aide d'un lacet.

30

Bref, au cours des années 1970, des dizaines de jeunes femmes, parfois des enfants, furent assassinées selon le même *modus operandi,* à Sherbrooke et à Montréal, à quelques variantes près. Enlevées dans les rues de la ville, violées, battues et étranglées, retrouvées nues, leurs vêtements éparpillés autour de leur cadavre. Le même *modus operandi* employé par le meurtrier de Mélanie Cabay.

Il semble toutefois que les meurtres commis par celui que certains médias ont baptisé The Bootlace Killer aient cessé en 1981. Tammy Leaky serait sa dernière victime. Par conséquent, toute ressemblance entre ces crimes et une affaire survenue à l'été 1994 ne serait que pure coïncidence ? J'ai écrit à John Allore pour lui demander son avis sur la question. Se pourrait-il que le prédateur qui sévissait dans les années 1970 ait été arrêté et emprisonné (pour une affaire de meurtre ou pour un tout autre motif), qu'il ait purgé une longue peine, qu'il ait été libéré au début des années 1990 et se soit alors remis à tuer ? S'il était dans la vingtaine ou la trentaine à l'époque, il aurait été dans la quarantaine ou la cinquantaine en 1994.

John Allore m'a répondu qu'il ne croyait pas nécessairement que les meurtres de jeunes femmes avaient cessé en 1981. Ce qui a cessé cette année-là, c'est plutôt l'attitude des policiers envers les journalistes. Dans les années 1970, les locaux d'*Allô Police* étaient situés en face du quartier général de la SQ. Policiers et journalistes frayaient ensemble, lunchaient dans les mêmes restaurants, buvaient dans les mêmes tavernes. L'information circulait librement, et il n'était pas rare de voir des éléments des dossiers d'enquête être reproduits dans les pages d'*Allô Police*. Certains photographes de scènes de crime arrondissaient même leurs fins de mois en travaillant pour le journal. Toutefois, à partir de 1981, une nouvelle politique fut instaurée au sein de la SQ, et le partage d'information prit fin. Il est donc possible que le Bootlace Killer ait continué à tuer des femmes sans que les crimes lui soient attribués, les journalistes n'ayant plus accès aux rapports d'enquêtes.

Est-il probable alors qu'une seule et même personne soit responsable des meurtres de Louise Camirand, Theresa Allore, Nicole Bazinet et Mélanie Cabay ? Sur cette question, John Allore y va d'un « maybe » prudent. Il croit plutôt à l'existence de quatre ou cinq tueurs se copiant les uns les autres. Le fait que les premiers meurtres soient demeurés impunis a pu amener des individus animés de penchants meurtriers à croire – avec raison – qu'il était facile de violer et de tuer des filles au Québec sans se faire prendre. Pour ce qui est du *modus operandi,* encore là le Bootlace Killer original a pu tracer la voie, et les autres n'ont eu qu'à copier une recette éprouvée. Et puis, cette manière de procéder (se débarrasser des corps en périphérie) relève du gros bon sens. « You don't shit where you eat. » Les prédateurs habitent généralement à proximité de leur territoire de chasse, et ils n'ont pas envie qu'un cadavre soit retrouvé près de leur domicile. Peut-être aussi sont-ils au courant que la communication est déficiente, voire inexistante, entre les différents services de police. Se débarrasser du cadavre dans un territoire relevant d'une autre juridiction est une bonne manière de mystifier les autorités.

Pour ma part, j'ai tendance à croire qu'il n'y a qu'un seul prédateur. Après tout, Gary Ridgway, le Monstre de la Green River, a tué entre cinquante et quatre-vingt-dix femmes entre 1982 et 2001 dans la région de Seattle. Andreï Romanovitch Tchikatilo, le Boucher de Rostov, a fait cinquante-deux victimes entre 1978 et 1990. Serhiy Tkach, le Maniaque de Pologovsky, a été condamné pour trente-sept meurtres de femmes et de jeunes filles, commis dans l'est de l'Ukraine et en Crimée entre 1980 et 2005. Plus près de nous, William Fyfe a assassiné des femmes dans le Grand Montréal de 1979 jusqu'à son arrestation en 1999. Et si l'on étudie la littérature consacrée aux tueurs en série, l'on se rend compte que les imitateurs sont rares.

Quoi qu'il en soit, il est probable que le monstre dont Sharron Prior a croisé la route un soir de mars 1975 était toujours en liberté dans les rues de Montréal le 22 juin 1994.

31

Selon la définition officielle, vous devez avoir fait au moins trois victimes pour être considéré comme un tueur en série. Ainsi, celui que les médias francophones ont baptisé le Maniaque de la pleine lune (plus prosaïquement appelé The Chateauguay Killer par les anglos), rate de peu la qualification, puisqu'il s'est fait arrêter après son deuxième meurtre. Notons que les deux crimes dont il a été accusé sont survenus à un an d'intervalle, et qu'il est probable qu'il ait fait d'autres victimes entre Norma O'Brien et Debbie Fisher, mais on n'a pu que lui coller ces deux-là.

Le 9 juillet 1974, Norma O'Brien, douze ans, quitte le domicile familial pour se rendre à la piscine du parc de la Seigneurie, boulevard Saint-François, à Châteauguay. En arrivant sur les lieux, elle constate que la piscine est fermée à cause de rénovations. Il est environ vingt heures trente lorsqu'elle rebrousse chemin. Elle ne rentrera jamais chez elle. Ses parents signalent sa disparition ce soir-là.

Le lendemain, vers la fin de l'après-midi, son corps est retrouvé dans un champ près du parc de la Seigneurie. Elle avait été violée, battue à mort, et son meurtrier lui avait enfoncé sa brosse à cheveux au fond de la gorge. Les policiers ont rasé le champ à la recherche d'indices, mais n'ont rien trouvé.

Un an plus tard, Châteauguay était encore sous le choc ; aussi les parents de la jeune Debbie Fisher, quatorze ans, ne mirent pas de temps à alerter les policiers en constatant que leur fille tardait à rentrer, le soir du 23 juin 1975. Elle était allée rendre visite à son oncle, à dix minutes du domicile familial, et avait quitté la maison de ce dernier vers dix-huit heures trente. Dès que la disparition de l'adolescente fut signalée, les policiers de Châteauguay appelèrent leurs collègues de la SQ en renfort. Pendant que des agents sillonnaient les rues de la ville et que des bénévoles organisaient des battues dans les champs alentour, un hélicoptère de la SQ survolait le territoire de la municipalité. Mais Debbie Fisher ne fut retrouvée que le lendemain, le jour de la Saint-Jean-Baptiste, dans une voiture abandonnée, près de l'école secondaire que fréquentaient le Maniaque de la pleine lune et ses victimes. La jeune fille était nue, mais elle n'avait pas été violée. Dans sa confession, D.C. (son nom est frappé d'un interdit de publication, car il a été jugé à la Chambre de la jeunesse, mais n'importe quel épais avec une connexion Internet peut découvrir son identité) expliquera avoir été incapable d'obtenir une érection. Il s'est alors contenté d'assommer sa victime à mort à l'aide d'une grosse pierre.

Et comment les limiers de la SQ s'y sont-ils pris pour attraper le coupable, eux qui en temps normal n'arrivent pas à attraper un rhume ? Selon *The Gazette,* The Chateauguay Killer a été appréhendé « following a year-long police investigation », mais la vérité est que D.C. a tout déballé dès qu'il a aperçu les policiers sur le pas de sa porte. Des traces de mobylette avaient été relevées près de l'endroit où le corps de Debbie Fisher avait été trouvé. On avait dressé la liste de tous les propriétaires de mobylettes des environs, et on était allé frapper à la porte de chacun pour lui demander où il se trouvait et ce qu'il faisait dans la soirée du 23 juin. À cette question, D.C. avait répondu la vérité : il était paisiblement occupé à fracasser le crâne d'une fillette à coups de pierre, pourquoi ?

Ce jeune homme sans histoire, qui n'était âgé que de seize ans le jour où il avait enfoncé une brosse à cheveux dans la gorge d'une petite fille, cet adolescent d'apparence bénigne dont la petite amie s'appelait Muriel et qui travaillait au dépanneur de ses parents les fins de semaines, toujours poli et serviable avec les vieilles dames, fut envoyé dans une institution psychiatrique au terme de son procès. L'honorable juge James K. Hugessen, de la Cour supérieure du Québec, estimait apparemment qu'il existait un traitement pour ce que D.C. avait. Personnellement, je ne l'aurais pas cru, mais il semble bien que l'honorable juge James K. Hugessen avait raison, car le Maniaque de la pleine lune (qui ne commettait pas vraiment ses crimes les soirs de pleine lune, soit dit en passant) fut renvoyé chez lui quelques années plus tard avec un papier attestant sa bonne santé mentale.

D.C. était âgé de trente-six ans et habitait toujours la région de Montréal le 22 juin 1994.

32

Enfin, de nombreux prédateurs connus vivaient à Montréal ou autour de Montréal à l'été 1994. Le corps de Mélanie Cabay a été retrouvé aux abords de la montée Dumais. L'endroit est situé à une petite dizaine de minutes du domicile de Richard Bouillon, le type qui allait tuer Julie Surprenant cinq ans plus tard. Bouillon avait un lourd passé criminel, notamment en matière d'agression sexuelle, mais personne ne semble lui avoir posé de questions au sujet de Mélanie Cabay.

William Fyfe violait, tuait et mutilait des femmes à Montréal et dans les environs en 1994. Il ne sera arrêté qu'en 1999. Mélanie Cabay n'avait toutefois pas le bon profil : Fyfe s'en prenait surtout aux dames d'un certain âge. La plus jeune de ses victimes connues était âgée de quarante-six ans. Mais on ne connaît que cinq de ses victimes. Il n'a avoué que les crimes qu'il n'avait pas le choix d'avouer.

Et ce Violeur de Mascouche, ou Maniaque de la montée Dumais, dont le portrait-robot a été largement diffusé dans les jours qui ont suivi la découverte du corps de Mélanie Cabay ? En juillet 1993, il cueille une prostituée rue Sainte-Catherine, à Montréal, et la conduit au boisé de la montée Dumais, où il la viole. Le 23 juin 1994, le lendemain de la disparition de

Mélanie Cabay, une femme fait de l'autostop sur la 640, à la hauteur de Lachenaie. Vers vingt-trois heures, un automobiliste la fait monter, la conduit au boisé de la montée Dumais et lui dit : « Si tu fais tout ce que je veux, il ne t'arrivera rien. » Sous la menace d'une arme à feu, il force la femme à se déshabiller, puis il la viole. Dans les deux cas, il a laissé partir ses victimes après avoir obtenu d'elles ce qu'il voulait. Peut-être Mélanie Cabay a-t-elle eu la mauvaise idée de lui tenir tête. Dans ce cas, puisqu'il possédait une arme à feu, pourquoi ne s'en est-il pas servi ? Pourquoi a-t-il assommé et étranglé la jeune femme ? Ça n'était peut-être pas une véritable arme à feu, ou alors elle n'était peut-être pas chargée. Ou peut-être ne voulait-il pas prendre le risque de tirer un coup de feu près d'une autoroute passante.

Psychologiquement, est-ce que ça colle ? Supposons que ce type ait, d'une manière ou d'une autre, convaincu Mélanie Cabay de monter dans sa voiture ce 22 juin 1994, alors qu'elle marchait dans les rues d'Ahuntsic. Il la conduit à la montée Dumais pour la violer, elle résiste, il la tue et abandonne son cadavre sur place. Frustré, il récidive dès le lendemain. Il prend une fille en stop, l'amène à la montée Dumais, la viole et la laisse partir. Il sait alors que cette fille risque d'aller voir la police et de donner son signalement, et que le jour où le cadavre de Mélanie Cabay sera retrouvé, les enquêteurs mettront les bouchées doubles pour retracer le type ayant commis au moins deux viols à cet endroit. Était-il simplement trop stupide pour prévoir cela ? Ou alors son hubris l'aura poussé à prendre ce risque insensé ? Quoi qu'il en soit, il a sans doute repris ses esprits peu après, car on n'a signalé aucun autre événement violent dans ce secteur. (À l'époque, de nombreuses personnes ont souligné l'étonnante ressemblance entre le portrait-robot du Violeur de Mascouche et Michel Chartier, le motocycliste qui avait découvert le cadavre de Mélanie Cabay. Mais Michel Chartier a rapidement été écarté de la liste des suspects.)

Quatre jeunes femmes, incluant Mélanie Cabay, ont été étranglées en l'espace de trois mois, cette année-là. Deux à Montréal même, deux sur la Rive-Nord. Le 6 mai 1994, Sabina Mitchell, dix-huit ans, est étranglée et jetée dans la baignoire de son appartement à Montréal. Le 22 juin, Mélanie Cabay disparaît ; son corps est retrouvé deux semaines plus tard dans un boisé à Mascouche. Le 16 juillet, Marie-Chantal Desjardins, dix ans, disparaît. Son cadavre est trouvé le 20 juillet, dans un fossé à Rosemère. Elle avait été étranglée. Le 30 juillet, Dora Psyrri, une prostituée de vingt-sept ans, est assassinée dans une ruelle de Montréal. Étranglée elle aussi. Aucune de ces affaires n'a été résolue à ce jour. Apparemment, personne à l'époque n'a songé à les relier. Pourquoi ? Parce que les meurtres de jeunes femmes par strangulation sont monnaie courante ? Non. En épluchant les éphémérides du crime au Québec, l'on se rend compte que l'été 1994 constitue une anomalie. Cela n'arrive jamais que quatre filles se fassent étrangler en l'espace de trois mois sur un territoire aussi restreint.

33

Enfin, il s'agit tout de même peut-être d'un hasard. Échafauder des théories unificatrices sur des meurtres commis au siècle dernier est certes un jeu de salon passionnant, mais il ne faut pas perdre de vue que, dans la grande majorité des cas, les femmes se font assassiner par des hommes qu'elles connaissent. Mélanie Cabay connaissait-elle son meurtrier ? Cela expliquerait bien des choses, à commencer par le fait que personne dans le voisinage ne l'a entendu hurler. Et puis, souvenons-nous qu'elle n'était pas du genre à monter en voiture avec un inconnu.

Elle avait travaillé dans un dépanneur de la rue Legendre, près du boulevard Saint-Laurent. On rencontre toute sorte de monde dans un dépanneur. Et on sait comment les choses se passent dès qu'une jolie fille travaille dans ce genre de lieu : il y a toujours des habitués qui restent des heures à traîner autour du comptoir, à commenter la météo ou la une du *Journal de Montréal*. La plupart sont des pauvres types inoffensifs, mais il se pourrait que l'un d'eux ait développé une fixation malsaine sur la nouvelle caissière.

Ou alors un prétendant éconduit ? Un amoureux transi, rongé par la jalousie, qui l'aurait suivie jusqu'au domicile de

David Meunier, aurait fait le pied de grue jusqu'à ce qu'elle en ressorte, accompagnée de Jean-Hugues Robert, aurait attendu que ce dernier rentre chez lui, et se serait arrangé pour faire semblant de rencontrer la jeune fille par hasard. « Hé, Méla, tu rentres chez vous ? Veux-tu un lift ? Mon char est parqué pas loin… » Cette dernière hypothèse me semble peu probable. Enfin, je sais que les « crimes passionnels » existent, mais j'ai du mal à croire qu'un type tuant par dépit amoureux s'y prenne exactement de la même façon que le Bootlace Killer ou que le crétin de la pleine lune.

Qui a tué Mélanie Cabay ? Comment pourrais-je le savoir ? Je ne suis qu'un épais avec une connexion Internet.

Qui était Mélanie Cabay ?

(Quelqu'un de bien, il faut croire)

34

Si tu étais morte six fois à la seconde en Afrique au lieu de mourir une seule fois à Ahuntsic, si tu avais été huit cent mille Tutsis plutôt qu'une petite blanche de la classe moyenne, ce sont des types du calibre de Gil Courtemanche ou Jean-Christophe Rufin qui écriraient des livres sur toi, Cabay. Des gars des ligues majeures. Tu vas dire que ça te fait une belle jambe et je suis d'accord : il aurait été préférable que tu ne meures pas du tout et que jamais personne n'écrive de livre sur toi.

D'ailleurs, si je veux être honnête, je dois admettre que ce livre n'est pas vraiment un livre sur toi. Au départ, j'avais l'ambition d'écrire un gros pavé à ton sujet, raconter en détail qui tu étais avant d'être un fait divers. Dessiner ton portrait autrement qu'en victime de meurtre. Mais comme je suis pourri comme recherchiste, j'en suis réduit à écrire cette petite plaquette, qui est davantage un livre autour de toi.

Je ne sais à peu près rien à ton sujet, hormis par les hommages que tes proches t'ont rendus. Mais, c'est connu, tout le monde n'a que des qualités un coup mort. Votre amie vient d'être retrouvée assassinée, les journalistes vous plantent un micro sous le nez, ça n'est pas le moment de dire : « Méla ? Elle avait un sale caractère et elle puait des pieds. »

Il semble toutefois que tu étais bel et bien cette fille douce et réservée, toujours gentille avec tout le monde. Dans *Le Soleil* du 11 juillet 1994, une semaine à peine après qu'on eut retrouvé ton corps dans ce boisé de Mascouche, ta mère parlait déjà de pardon. Elle s'en sentait incapable pour le moment, mais elle affirmait ne pas vouloir de mal à ton agresseur, parce que « Mélanie était contre toute forme de violence ». Ton grand-père Fernand, qui assistait à l'entrevue, semblait un peu moins conciliant. Il faisait néanmoins appel à ce qu'il y avait de bon chez ton meurtrier : « Il va se livrer avant [qu'on ne l'arrête]. Il ne pourra pas résister à une telle démonstration d'amour. Il ne se le pardonnera pas et il va finir par avoir pitié de lui-même. » J'envie beaucoup ton grand-père d'avoir conservé sa foi en l'humain jusqu'à un âge si avancé, mais il semble bien que les types qui enlèvent des jeunes filles dans la rue, les violent, leur défoncent le crâne et les étranglent avant de les jeter sur le bord de la route sont parfaitement capables de résister aux démonstrations d'amour. Enfin, ce que j'ai surtout retenu de cet article du *Soleil,* c'est quand ton grand-père a montré aux journalistes la chaise de jardin que tu lui avais offerte à l'occasion de la fête des Pères, quelques jours avant ta disparition. Sérieux, Cabay, tu avais fait ça ? Tu avais réfléchi à ce qui pourrait faire plaisir à ton grand-père Fernand et tu t'étais rendue dans un Canadian Tire, ou quelque chose comme ça, pour lui acheter une chaise de jardin ? Qui pense à offrir un cadeau à son grand-père pour la fête des Pères ? (Ne va pas me répondre : « Tout le monde sauf toi, Blais », pour me faire feeler cheap, je sais que ça n'est pas vrai.)

Tu étais réellement cette fille douce, gentille et prévenante. Évidemment, tu n'étais pas que cela, mais il semble bien que je vais devoir me contenter de ce portrait en surface. J'ai retrouvé plusieurs de tes amis sur Facebook, notamment ceux avec qui tu étais allée voir un film ce soir-là, je leur ai écrit pour leur expliquer mon projet du mieux que je pouvais. Je leur ai dit que j'avais « quelques questions » à leur poser, mais je mentais : j'en avais des pages. J'aurais voulu tout savoir à ton sujet, la musique que tu écoutais, les livres que tu lisais, tes films préférés, la manière dont tu occupais tes dimanches après-midi, ton plat favori, en quoi tu étudiais, ce que tu voulais faire plus tard, ton crush hollywoodien, ta matière préférée à l'école, en quoi tu te déguisais à l'Halloween, combien d'enfants tu prévoyais avoir, les pays que tu rêvais de visiter, ce qui te faisait rire à tout coup, ton histoire favorite quand tu étais petite, ce qui te faisait peur, si tu jouais d'un instrument de musique, ton émission de télé préférée, tes talents cachés, tes manies, etc.

Mais tes amis n'avaient pas trop envie de parler de tout ça, cela rouvrait trop de vieilles blessures. Antonin Favron m'a raconté que votre ancien groupe d'amis avait été contacté par Claude Poirier, qui projette de réaliser une émission sur l'affaire Mélanie Cabay, mais que la plupart avaient refusé de participer. En ce qui concerne mon livre, monsieur Favron m'a fait savoir qu'il n'avait pas grand-chose d'utile à me révéler et que, par ailleurs, il n'était pas emballé outre mesure par le projet. Il semble que ton ami Jean-Hugues ait pendant un temps jonglé avec l'idée de répondre à mes questions, il a même évoqué la possibilité d'une rencontre (virtuelle, puisqu'il habite aux Îles-de-la-Madeleine), mais le projet est demeuré lettre morte. L'été 1994 ne figure pas parmi les bons souvenirs de tes amis, et ils n'ont aucune envie de s'y replonger. Je les comprends. (Tu sais ce qui m'a frappé en mémérant les profils de tes amis ? C'est le fait qu'ils ont tous des enfants. Ils sont pourtant bien placés pour savoir que les 22 juin sont des choses qui arrivent et que les destins peuvent mener à la montée Dumais, ils ont tout de même choisi de mettre des enfants au monde. C'est peut-être une manière d'envoyer chier la mort. Il s'agit là d'une attitude courageuse, mais, personnellement, je n'oserais jamais être impoli avec la mort.)

Ta tante Claudine, quant à elle, m'a dit qu'elle était touchée que je veuille faire un livre sur toi, mais elle préférerait tout de même que je m'en abstienne, car « je dois vous dire que j'ai moi-même ce désir d'écrire un livre sur elle. Mélanie est vivante dans mon cœur. J'ai tant de souvenirs d'elle. Tant de choses à coucher sur le papier. Quand le temps sera venu, j'aimerais que ce soit à travers mes mots qu'elle revive. » Qu'est-ce que tu voulais que je réplique à ça ? Ta tante, qui t'a côtoyée pendant les vingt ans que tu as passés ici-bas, est effectivement mieux placée que moi pour écrire à ton sujet. Est-ce que je suis en train de lui désobéir, là, en tapant ces mots sur mon clavier ? Je ne pense pas, non. Comme je le notais plus haut : ceci n'est pas réellement un livre sur toi. Ou peut-être que je joue sur les mots ?

Quoi qu'il en soit, je suis pourri comme recherchiste et les contacts humains ne sont pas mon bag, alors je vais devoir écrire cette dernière partie de mon livre – la partie biographique – en y allant un peu au radar, comme les biographes de Shakespeare ou de Moïse.

35

Le fait que tu aies quitté ce monde juste au moment où Internet y arrivait (si ça se trouve, tu n'as jamais connu la joie de te faire demander « asv ? » sur mIRC par un dude de Sainte-Julie ou d'Amos) me complique également la tâche. Un jour, forcément, il y aura davantage de morts que de vivants sur Facebook, et les biographes du futur commenceront leurs recherches en épluchant le profil de leur sujet. Mais bon, tu n'es pas sur Facebook, ni sur Twitter, ni sur Instagram, et tu n'as jamais tenu de blogue. En conséquence, le seul échantillon de ta prose dont je dispose consiste en cet extrait de la note que tu avais laissée à ta mère avant de partir, ce 22 juin 1994. « Je suis partie chez David écouter un film. Je rentre dormir plus tard. » (*Journal de Montréal,* 24 juin 1994.)

La documentation iconographique te concernant se résume, sauf erreur de ma part, à cinq photos. Dans *Le p'tit monde des Berger* et du *Clan Beaulieu* (les Éditions Québécor, 1983), le livre dans lequel ton grand-père Marcel raconte les moments marquants de sa carrière au théâtre et à la télévision, on te voit à l'âge de deux ou trois ans, assise sur les genoux de l'auteur, lors d'une réunion de famille. Tu avais déjà ce visage un peu oriental, comme celui de ton père. Les gens qui venaient chez toi ou que tu croisais en poussette dans la rue devaient tous s'exclamer : « Mon Dieu qu'a ressemble à son père ! » ou « C'est Philippe tout craché ! », et les amis de ton père lui faisaient sans doute des blagues dans le genre : « Au moins, tu sais qu'elle est de toi. »

Il y a aussi cette photo, dans le livre de ta tante, sur laquelle tu étais à peine plus vieille. « Le 16 janvier 1975, c'était au tour de Philippe de devenir le papa d'une mignonne petite fille, Mélanie. Elle ne verra malheureusement jamais ses vingt ans. Cette enfant adorable et un peu timide se plaint rarement et fait fondre tout le monde avec son sourire angélique. C'est une véritable petite poupée qu'on a tout le temps envie de prendre dans ses bras. » (*Des pas dans ma mémoire,* Claudine Cabay Chatel, les Éditions Publistar, 2008.) Oui, j'avoue que tu étais à croquer là-dessus, avec ton sourire mutin, ton col roulé et ta coupe de cheveux des p'tits Simard.

Pendant les trois semaines où l'on a parlé de toi dans les médias, *La Presse, Le Devoir* et *Le Soleil* ont été réduits à utiliser chaque jour ta photo de finissante, celle qui a également servi pour les avis de recherche que tes amis ont placardés jusque dans les coins les plus reculés de la province. Toge noire, rabat rouge, tu te tiens un peu figée devant l'un de ces arrière-plans laids que les photographes scolaires employaient alors. Les cheveux bien lissés, le fantôme d'un sourire sur les lèvres, tu fixes l'objectif en tenant un bouquet de fleurs blanches. C'était comme ça dans notre temps sur les photos de finissants : les filles tenaient un bouquet de fleurs, les gars tenaient un diplôme, et personne ne songeait à trouver cela sexiste. Enfin, je me souviens que, dans l'album de Stéphanie Durand (ma blonde au secondaire), Marie-Pier Cloutier était la seule fille à poser avec un diplôme. Elle avait refusé le bouquet de fleurs. Peut-être que toi aussi tu t'es dit que cela n'avait pas trop rapport, les fleurs sur une photo de graduation, mais tu n'étais pas le genre à en faire un fromage.

D'une manière ou d'une autre, les gens du *Journal de Montréal* s'étaient débrouillés pour mettre la main sur une autre photo de toi, sur laquelle tu portais une robe soleil blanche (ou jaune pâle, ou beige, ou blanc cassé, c'est dur à dire sur une photo en noir et blanc), des petites boucles d'oreilles noires et un pendentif d'inspiration aztèque. Le visage rond et plein, un début de double menton, une ligne de taches de rousseur sur l'arête du nez, tu avais les cheveux attachés et il y avait quelque chose comme de l'arrogance ou de la malice amusée dans ta façon de regarder l'objectif. Tu étais sexy là-dessus (quelque chose dans ton regard, je pense), tu semblais de bonne humeur et pétante de santé, et je pense que c'est pour ça que les gens du *Journal de Montréal* ont jugé plus convenable d'utiliser celle où tu tenais la gerbe de fleurs pour accompagner l'article détaillant ton rapport d'autopsie.

Sinon, il y a aussi cette photo, sans doute prise dans un photomaton, que *La Presse* a utilisée pour sa brève du 25 juin. Chandail noir, grand sourire. Tu sembles tenir la main de la personne à tes côtés. Les gens de *La Presse* ont sans doute cessé de s'en servir parce que c'était une toute petite photo, et qu'elle devenait granuleuse si on l'agrandissait trop.

36

Tu es née le 16 janvier 1975 (ça fait un peu bizarre que je te raconte ça, comme si tu ne savais pas ta propre date de naissance, c'est juste que j'ai commencé à écrire ce chapitre à la deuxième personne, en m'adressant à toi, ça m'est venu comme ça et je n'ai pas envie de changer, alors mettons que c'est une convention à avaler), tu es née le 16 janvier 1975, donc, à Montréal. Ta mère s'appelle Mireille Bélisle ; ton père, Philippe Cabay. Personne du côté de ta mère n'ayant écrit de téléroman à succès, on en sait très peu sur les Bélisle, sinon que ce sont des gens modestes et croyants. Le 6 juillet 1994, quelques heures avant qu'elle n'apprenne que le cadavre d'une jeune fille non identifiée venait d'être découvert à Mascouche, Mireille Bélisle avait confié à une journaliste : « Je remets le sort de Mélanie entre les mains du créateur. » Sa foi lui a permis de recevoir la nouvelle de ta mort avec une sérénité relative : « La mort n'est qu'une étape, et je me sens maintenant en paix. » (*Journal de Montréal,* 7 juillet 1994.) Et toi, Cabay, tu croyais en Dieu, comme ta mère et ton grand-père Fernand ? J'imagine que tu y as cru, du moins pour un temps, puisque toi et moi sommes de cette génération qui se faisait endoctriner à la petite école. Les maîtresses nous enseignaient la résurrection des corps et l'Immaculée Conception sur le même ton qu'elles nous enseignaient la multiplication des fractions et l'accord du participe passé, on n'avait pas trop le choix de prendre ça pour argent comptant, c'était matière à examen. Comme la plupart d'entre nous, tu as sans doute cessé d'y croire, ou enfin cessé de t'y intéresser, à l'adolescence. Moi ? Bof. Mon opinion à Son sujet est à peu près celle d'Ivan Karamazov. Supposons (on jase, là) qu'Il existe et que tout ce qui arrive ici-bas participe à la réalisation de Son grand plan. Eh bien, si ton viol et ton meurtre étaient vraiment nécessaires à Son plan, je soutiens que c'est un plan de marde et qu'Il est un beau douchebag. (C'était mieux dit dans *Les frères Karamazov*.)

Tu étais une fille d'immigrant, même si tu ne te définissais sans doute pas comme ça. Ton père, premier enfant de Marcel et Jenny Cabay, est né à Verviers, en Belgique, en 1948. Sa famille a immigré au Canada en juillet 1953, alors qu'il était âgé de cinq ans. Marcel Cabay estimait que l'avenir était bouché pour lui dans son pays. Il invoque des raisons politiques pour expliquer le fait que sa carrière d'acteur stagnait et, si on lit entre les lignes, on comprend que les autorités belges lui faisaient des misères parce qu'il avait été un petit peu collabo pendant la guerre. Son père, ingénieur en textile, était alors directeur de fabrication dans une usine de Liège. Au début de la guerre, Marcel y fut engagé comme spécialiste du textile, malgré qu'il n'y connaissait rien. L'usine avait été réquisitionnée par les Allemands et fabriquait des uniformes pour les soldats de la Wehrmacht. Le fait de participer à l'effort de guerre allemand permettait à ton grand-père de circuler librement en ville et, surtout, cela lui évitait le « travail volontaire » en Allemagne. « Tout en réalisant que c'était, pour l'instant, la meilleure solution, je n'étais pas très fier. Je me demandais ce qu'allaient penser de moi mes camarades. Ils allaient me prendre pour un

Kollabo. Heureusement, cela ne se passa pas comme je pensais. Personne ne fut dupe de ce marché. [...] Tous comprirent la raison pour laquelle on m'avait embarqué dans cette histoire et nombreux furent ceux qui m'envièrent d'avoir su trouver la formule idéale, pour échapper aux Allemands. » (Marcel Cabay, *Le temps des loups,* les Éditions Vis-à-Vies, 1984.)

Il se peut bien, en effet, que les camarades de Marcel Cabay aient considéré ce travail au profit de l'ennemi pour ce qu'il était : une bonne planque. Seulement, au moment de l'épuration, le fait d'avoir passé la première année de la guerre à fabriquer des uniformes pour l'armée allemande constituait assurément une tache à votre dossier. Qu'il ait continué de jouer sur les planches durant la guerre n'a sans doute pas contribué à rehausser sa cote. (En France, on a fait des misères à Sacha Guitry pour la même raison.) Et pourtant, à l'été 1941, quand les troupes du Führer ont franchi la frontière de son pays, Marcel Cabay avait traversé la Belgique et une partie de la France à pied, manquant d'être tué à plusieurs reprises, à la recherche de son régiment. Il n'est rentré à Liège qu'après avoir compris que son fameux régiment n'existait plus, que l'armée belge n'existait plus. « Dans chaque ville où nous passions, nous nous mêlions à des hordes de gens qui s'enfuyaient. C'était l'exode qui commençait. Nous essayions de nous renseigner : où est passé le régiment ? Personne ne savait. L'armée belge ? Quelle armée belge ? On avait l'impression de parler de Tintin ou de Mickey Mouse. » (*Idem.*)

Qu'est-ce qu'il était supposé faire, de retour à Liège, dans la Belgique occupée ? Sortir dans la rue et gueuler « mort aux Boches », pour le plaisir de mourir en héros à dix-neuf ans ? (À dix-neuf ans, qui a envie de mourir ?) Prendre le maquis, lui le petit comédien rondouillet qui n'avait jamais touché une arme ? À la place, il a fait ce que j'aurais fait : il a obéi à ceux qui tenaient les mitraillettes. Cela faisait-il de lui un collabo ? Je suppose que oui.

Quoi qu'il en soit, après la guerre, Marcel Cabay n'était pas en odeur de sainteté auprès des autorités de son pays, et il a senti le besoin d'aller voir ailleurs s'il y était. « Pourquoi le Canada ? Pourquoi le Québec ? J'aurais pu aller à New York, à Los Angeles, à San Francisco, à Chicago. Je parlais parfaitement l'anglais. [...] J'aurais pu aller aux colonies, mais transformer le *Malade imaginaire* en onomatopées, je ne m'en sentais pas la force, je n'avais pas l'âme d'un missionnaire. J'ai étudié la carte du monde et finalement je me suis arrêté sur le pays idéal pour ce que je voulais faire : le Québec. » (*Idem.*)

Ton père, ses parents et ses deux sœurs débarquèrent à Québec par une chaude journée de l'été 1953, et prirent aussitôt le train pour Montréal, où ils louèrent un petit appartement à Ville-Saint-Michel. Leur fortune s'élevait à quatre cents dollars. Ce n'était pas grand-chose, même pour l'époque, mais la guerre leur avait appris à vivre avec très peu. Marcel dut tout de même trouver du travail rapidement. Il avait appris le métier de pâtissier en Belgique, et c'est à ce titre qu'il fût embauché par un compatriote, monsieur Borremans.

C'est également une Belge, Jeanne Gillet, qui introduira Marcel Cabay dans le milieu artistique québécois. Elle et ton arrière-grand-père avaient été amoureux un peu avant la Grande Guerre, et ce dernier avait confié à son fils le mandat de retrouver son ancienne flamme, émigrée au Canada depuis plus de trente ans. Elle s'appelait maintenant Jeanne Frey, du nom de son mari, et écrivait pour la radio et la télévision, après avoir été chroniqueuse et intervieweuse à CKAC pendant plusieurs années. Jeanne Frey devint rapidement une amie de la famille. Elle suggéra à Marcel Cabay de soumettre un texte dramatique à Guy Beaulne, un réalisateur de Radio-Canada qui mettait en onde des œuvres de nouveaux auteurs dans le cadre de son émission *Nouveautés dramatiques*.

C'est sur une machine à écrire louée pour cinq dollars que ton grand-père écrivit *Le Cap des âmes damnées*. Le texte fut accepté et diffusé à la radio le 27 février 1954. Marcel Cabay empocha soixante-quinze dollars pour cette première œuvre, soit ce qu'il gagnait en deux semaines à la pâtisserie.

37

À partir de ce jour, il ne manquera plus de travail. Il continuera d'écrire pour la radio, la télévision et le théâtre, collaborant notamment avec Hubert Aquin, en plus de jouer dans de nombreuses productions. Il tiendra le rôle de Chamraïev dans *La mouette* de Tchekhov, sous la direction de Jean Gascon. Il jouera également dans *L'illusion comique* de Corneille, et dans *Un chapeau de paille d'Italie* de Labiche. Il sera le méchant professeur Nharthon, dans la série jeunesse *Opération Mystère*. Il tiendra des rôles dans plusieurs séries populaires, dont *Les enquêtes Jobidon, La boîte à Surprise, Le grenier aux images, Pépinot et Capucine, La pension Velder, Cré Basile, Les belles histoires des pays d'en haut,* etc. Il sera surtout l'auteur du *Clan Beaulieu*.

Marcel Cabay aurait bien aimé qu'un de ses enfants suive ses traces. Ainsi, en 1956, il s'est arrangé pour que ton père obtienne un essai pour un rôle dans le feuilleton radiophonique *Docteur Claudine,* écrit par Jean Desprez. Philippe décrocha le rôle et donna la réplique à Monique Miller dans quelques épisodes. Il fut également choisi pour figurer dans deux publicités pour la télé, une pour le lait, l'autre pour Oh Henry ! Cependant, quand son personnage dans *Docteur Claudine* disparut, Philippe ne manifesta aucun désir de passer de nouvelles auditions. Il s'était bien amusé, mais il préféra retourner à sa vie de petit garçon. C'est sa sœur Claudine qui sera la comédienne de la famille.

La musique a toujours été la grande passion de Philippe Cabay. Au début des années 1970, il fait partie du groupe de musique expérimentale Yul, dont la chanson *Mister Canada* est décrite en ces termes sur le site Psyquébélique : « De cette pièce se dégage une atmosphère inquiétante ; une flûte pousse de longues notes aiguës, une des deux guitares joue un accord répétitif et l'autre des notes très rapides et réverbérantes [sic]. Le texte quant à lui… Imaginez une personne dans une transe hallucinogène chantant ceci : "Les murs ouvriront leurs oreilles pour respirer l'ombre sur ta tête". » L'autre face de l'unique 45 tours de Yul contient une pièce intitulée *J'ai le goût du Québec,* qui sera le thème musical du Parti québécois lors de la campagne de 1973. C'était une autre époque. Je ne pense pas que Jean-François Lisée embaucherait un groupe de musique expérimentale pour écrire la chanson-thème de sa prochaine campagne électorale.

Dans son livre *Des pas dans ma mémoire,* ta tante Claudine dresse le portrait de son frère tel qu'il était en 1970 : « Philippe a maintenant vingt-deux ans et a décidé de partir de la maison. Il ne rêve que de musique et trimballe sa guitare partout où il va. La vie bourgeoise le rebute. Il s'est laissé pousser les cheveux, comme bien des jeunes de l'époque, et refuse obstinément de se plier aux normes vestimentaires. […] Il aime sa vie en sandales, jeans et chemise indienne. Il a arrêté ses études, au grand désespoir de mes parents, et vivote comme il peut. Puis, un jour, il décide de partir en Californie, où la vie lui semble plus excitante qu'à Montréal. Il revient huit mois plus tard, empestant le patchouli, pas un sou en poche mais la tête pleine de souvenirs. »

Je suppose que c'est peu après son retour de Californie que ton père a rencontré ta mère. Enfin, ils se connaissaient déjà un peu, puisque Mireille était une amie d'enfance de ta tante. Disons que c'est à ce moment que cela a cliqué entre le hippie et la jeune fille sage. Leur couple a duré une dizaine d'années. Une fillette est née de leur union, qu'ils ont appelée Mélanie. Pourquoi ? Ma meilleure amie s'appelle aussi Mélanie, et elle a le même âge que toi, à six mois près. Elle m'a expliqué que ses parents avaient choisi ce prénom en l'honneur de la chanson *Mélanie,* écrite et interprétée par Chantal Pary et André Sylvain. Sur un site consacré aux dates importantes de la carrière de Chantal Pary, on peut lire qu'en 1974 « elle interprète *J'ai le goût du Québec,* la chanson-thème du Parti québécois, alors dirigé par René Lévesque. » Chantal Pary qui interprète une chanson de Yul, le groupe de Philippe Cabay ; Philippe Cabay qui baptise sa fille d'après le titre d'une chanson de Chantal Pary. Mais ce n'est peut-être qu'une coïncidence, tu as peut-être reçu ce nom sans raison particulière. À l'époque, souviens-toi, sur cinq filles, il y en avait quatre qui portaient un prénom en « i », Julie, Sophie, Nathalie, Nancy, Mélanie, etc. (La cinquième s'appelait Isabelle ou Véronique.) Il pleuvait des Mélanie dans ce temps-là.

38

À première vue, toi et moi avons eu des enfances complètement différentes. Je n'ai jamais été une fille, je n'ai jamais été un enfant du divorce, et je n'ai jamais habité dans une grande ville. Je viens d'un bled où tout le monde était blanc, où tout le monde travaillait à la Consol, et où tout le monde savait à quoi s'en tenir à ton sujet dès que tu avais répondu à la question : « T'es un p'tit qui ? » Malgré tout ce qui nous sépare, je sais un certain nombre de choses à ton sujet. Je sais, par exemple, que l'une des premières phrases que tu as déchiffrées est « Luc va à l'école avec son chien Fido », et je suis presque sûr que toi aussi tu te demandais ce qui arrivait à Fido, une fois rendu à l'école. (Il ne pouvait tout de même pas accompagner Luc dans sa classe. Est-ce qu'il rentrait seul, au risque de se faire ramasser par la fourrière ? Est-ce qu'il attendait devant l'école pendant sept heures, le temps que Luc en ressorte ?)

Je sais que tu avais un cahier L'Oiseau Bleu dans lequel tu dessinais des scènes des Évangiles, Zachée juché dans son arbre, les noces de Cana, la multiplication des pains. Tu disposais sans doute, pour t'acquitter de ces tâches cruciales, d'un ensemble de vingt-cinq crayons de couleur Laurentien, mais il est également possible que tu aies été l'une des quatre ou cinq élèves de ta classe à posséder un ensemble de soixante crayons Prismacolor. (Le cas échéant, tu entretenais l'espoir chimérique de les user égal mais, à la fin de l'année, le bleu ciel, le jaune soleil, le vert pelouse et le « couleur peau » étaient réduits à l'état de moignons, alors que certains n'avaient jamais été utilisés.) Ton étui contenait des crayons de bois et des crayons à mine, une gomme à effacer Staedtler, des ciseaux à bouts ronds, un bâtonnet de colle Pritt et un aiguisoir. Dans ton pupitre, il y avait, outre tes manuels scolaires, un jeu de cahiers Canada, une tablette de papier construction, des duo-tangs, des livres du *Manège enchanté* et de *Oui-Oui* empruntés à la bibliothèque de l'école, ainsi qu'un ensemble de géométrie comprenant un compas, une règle de six pouces, un rapporteur d'angles, un triangle et une équerre. Comme la plupart des filles, tu possédais peut-être aussi une collection d'effaces de fantaisie dont tu ne te servais jamais (ça n'effaçait pas, de toute façon), ainsi qu'un cartable rempli de gommettes.

Tu savais que Terre-Neuve avait fait son entrée dans la Confédération canadienne en 1949, que Charlottetown était la capitale de l'Île-du-Prince-Édouard, que le carré de la longueur de l'hypoténuse est égal à la somme des carrés des longueurs des deux autres côtés d'un triangle rectangle, que l'eau bout à cent degrés, qu'une ronde équivaut à quatre noires, que Terry Fox avait traversé le Canada à pied, que « toujours » prend toujours un « s », qu'il pousse du blé en Saskatchewan et des fruits dans la vallée de l'Okanagan. Tu connaissais l'astuce mnémotechnique pour retenir les conjonctions de coordination, tu savais déchiffrer un diagramme de Venne et tu pouvais jouer *Vive le vent* au xylophone.

De temps en temps, sœur Colombe (pas la vraie, bien sûr, mais vous aviez l'équivalent) venait dans ta classe pour vous parler, à toi et à tes petits camarades, de Dieu, de Jésus et du Saint-Esprit, et pour vous rappeler que Noël ça n'était pas seulement à propos des cadeaux, que Pâques ça n'était pas seulement à propos du chocolat. Ce qu'elle racontait ne t'intéressait pas outre mesure, mais tu étais tout de même contente de la voir parce que cela brisait la routine. Tout ce qui brise la routine est le bienvenu quand on est à l'école : les films d'André Mélançon que les maîtresses nous faisaient jouer le dernier vendredi après-midi avant les vacances des Fêtes, les conférences des Grands Explorateurs qu'on allait écouter dans le gymnase, les sorties éducatives au planétarium, l'hygiéniste dentaire qui venait expliquer devant la classe comment se brosser les dents et utiliser la soie dentaire, etc.

En deuxième année, tu as fait ta première communion, immensément satisfaite de ta belle robe et de tes tresses françaises, mais un peu déçue des cadeaux nuls que l'on reçoit lors d'une première communion. (Déçue aussi que le corps du Christ ait le même goût que les hosties vendues au dépanneur du coin.) L'année suivante, tu as reçu le sacrement du Pardon. Monsieur le curé, dans sa grande mansuétude, a consenti à te pardonner la fois où tu avais conté une menterie à ta mère, et il t'a remis un exemplaire orange du Nouveau Testament. En cinquième année, tu as écrit à l'évêque de ton diocèse pour lui demander de confirmer la décision que tes parents avaient prise de te faire baptiser, à l'époque où tu étais trop jeune pour savoir ce qui t'arrivait. Tu as sorti ton écriture du dimanche pour bien exprimer à monseigneur l'évêque ton désir de faire partie de la grande famille des enfants de Dieu. Tu as peut-être, l'espace d'une minute, eu peur qu'il refuse, qu'il réponde : « Non, Méla, pas toi », mais tu t'inquiétais pour rien. Monseigneur l'évêque a décrété que le Seigneur voulait de toi dans son troupeau.

Il a tracé une croix sur ton front avec de l'huile en marmonnant des paroles sacrées, et il t'a donné un petit pendentif en bois.

Le samedi matin, tu te levais tôt et tu t'installais devant la télé pour regarder *Astro le petit robot, Candy, Démétan, Le petit castor* et *Les mystérieuses cités d'or*. Après ? Je ne sais pas trop comment les petits Montréalais occupaient leurs après-midi de congé. En ce qui me concerne, je construisais des campes dans le bois en arrière des blocs, ou alors j'enfourchais mon BMX et, avec mon ami Maxime, on allait niaiser au parc ou sur la Sixième. Si on en avait les moyens, on jouait à *Galaga* au Petro-Canada. Mais il n'y avait pas de bois pour faire des campes dans ton coin, et j'imagine que ta mère ne te laissait pas partir toute seule à bicyclette dans les rues de Montréal, à cause du trafic et des maniaques qui enlevaient les enfants. En 1984, alors que tu étais âgée de neuf ans, un garçon d'à peu près ton âge, Sébastien Métivier, a disparu alors qu'il jouait dans les rues du quartier Hochelaga, à quelques kilomètres de chez toi. J'imagine que tu allais chez des petites amies, ou que des petites amies venaient chez toi, que vous jouiez aux Barbie, que vous ricaniez pour rien, que vous inventiez des chorégraphies sur des chansons de Corey Hart et de Debbie Gibson, que vous fabriquiez des coin-coin en origami, que vous alliez niaiser dans la ruelle en bas. Tu rentrais toujours à temps pour *Bagatelle*.

Le dimanche ? Laisse-moi deviner. Toi et ta famille alliez chez tes grands-parents et, là, tu te bourrais la face dans ces cochonneries qu'on ne trouve que chez les grands-parents, et tu jouais avec tes cousins et cousines. Tu étais très proche de ta cousine Amina. En 1983, après le divorce de tes parents, ton père a vécu durant quelques années dans l'appartement que ta tante Claudine avait fait aménager dans le sous-sol de sa maison. À cette époque, Amina était presque une sœur pour toi. (« Presque », car être une véritable grande sœur implique de se faire donner tort dans toutes les disputes sous prétexte que c'est toi la plus vieille.)

Je n'ai assisté à aucun des Noëls de ton enfance, mais je sais que pendant que je déballais mon Atari 2600, mon AT-AT et mon X-Wings, toi, tu recevais un Luminou, des figurines My Little Pony, une poupée Strawberry Shortcake et, bien sûr, un Cabbage Patch Kid. Il est fort probable qu'on t'ait offert, quelque part vers 1984-1985, un four dans lequel tu pouvais faire de véritables gâteaux, ainsi que le salon de coiffure Play-Doh. Tu possédais forcément un Lite-Brite, un Simon, un Etch-A-Sketch, des bonshommes Fisher-Price et un cube Rubik, sur lequel tu étais capable de compléter une face. Comme il n'y avait que trois semaines d'intervalle entre Noël et ton anniversaire, peut-être que tes parents ne te faisaient qu'un seul gros cadeau pour les deux occasions. (Ils prenaient alors soin de préciser que « Mélanie, elle a un plus gros cadeau parce que ça compte aussi pour sa fête », afin que les autres enfants ne soient pas trop jaloux.)

39

Tu as fait ton cours secondaire à l'école Sophie-Barat, le plus ancien établissement de la CSDM. À ton premier jour à Sophie-Barat, le directeur vous a réunis dans l'auditorium, toi et les autres élèves de secondaire 1, pour vous souhaiter la bienvenue et vous faire accroire que la game venait de changer, que vous ne seriez plus maternés comme des bébés du primaire, que vous alliez devoir prendre vos responsabilités et étudier fort pour réussir. Au début, tu as pris cela pour argent comptant, tu t'es laissé impressionner par la vastitude des lieux, par les changements d'habitudes, par les filles maquillées qui fumaient dans la salle des cases en parlant de leurs chums, par les gars qui arrivaient à l'école en voiture. Puis tu as fini par te rendre compte que les différences entre le primaire et le secondaire étaient purement cosmétiques. De l'école, c'est toujours de l'école. Tu as confectionné des biscuits en Économie familiale, tu as fabriqué une pompe à vélo en Initiation à la technologie, tu as rêvassé pendant ces cours inutiles désignés par trois lettres, FPS, ECC, tu as écrit, à l'aide de ton stylo huit couleurs (des bulles sur les « i » à la place des points) des petits mots dans les agendas de tes amies : change pas, reste comme t'es, si l'amour nuit à tes études lâche l'école, etc. Tu as peut-être un peu tripé sur Jonathan Rhéaume (pas le vrai, bien sûr, mais vous aviez l'équivalent, petit frais chié aux yeux trop bleus, avec la coupe de cheveux d'Edward Furlong).

Pour le reste, je ne peux pas dire comment ça se passait à Sophie-Barat, je ne sais pas si c'était comme dans les films d'ados américains, avec des cliques et des castes, les sportifs d'un côté, les geeks de l'autre, les metalheads et les alternatifs s'ignorant ostensiblement et, au-dessus de tout ça, la bande des cools regardant tout le monde de haut. Chez nous, à Du Rocher, nous n'étions pas suffisamment nombreux pour qu'un tel système soit viable. Il n'était même pas possible d'y être un véritable rejet, puisqu'il n'y avait pas de gens assez cools pour que ça soit blessant d'être rejeté par eux.

Tu ne regardais plus les petits bonshommes le samedi matin, tu regardais Musique Plus (la télévidéo en stéréo), une cassette dans le magnétoscope au cas où ton clip préféré passerait. (Et là, je ne veux pas lancer d'accusation à la légère, mais je te soupçonne d'être en partie responsable du fait que *Hangin' Tough,* des New Kids On The Block ait gagné au Combat des clips pendant presque un an.)

Après ça ? Va savoir. Je pourrais continuer à naviguer au radar, mais à partir d'ici le degré de probabilité de mes suppositions chuterait dramatiquement. À l'adolescence, on essaie des masques jusqu'à ce que l'on en trouve un qui nous va à peu près, ou alors on s'en fait mettre un de force par les autres, et on finit par se convaincre que ce masque est nous. Jusqu'à quel point le masque que tu as fini par adopter, de gré ou de force, celui de la petite fille douce et tranquille, gentille avec tout le monde, correspondait à ton vrai visage ? Je l'ignore. J'en sais tout juste assez sur toi pour savoir que ce monde est un endroit un petit peu plus moche depuis que tu l'as quitté. Je sais qu'entre ce discours du directeur dans l'auditorium et cette photo sur laquelle tu te cramponnes à une gerbe de fleurs – cette photo qui a été affichée sur des poteaux et dans des entrées de caisses populaires en Abitibi et en Ontario –, tu as vécu une série de premières fois, de petits bonheurs et de grandes déceptions, que tu es devenue quelqu'un de bien, mais quelqu'un sur qui on n'écrit pas de livres.

40

Il y a un peu plus d'un an de cela, le 12 décembre 2016, on a retrouvé le crâne de Cédrika Provencher (disparue dans les rues de Trois-Rivières à l'été 2007) dans un boisé de Saint-Maurice. Pendant dix jours, deux cents policiers ont ratissé l'endroit à la recherche d'indices. Des experts en recherche, des maîtres-chiens, une unité du laboratoire de sciences judiciaires et de médecine légale, un hélicoptère : on ne lésinait pas sur les moyens. Même le grand chef de la SQ s'était déplacé depuis Montréal. Ton image m'est alors revenue en tête pour la première fois depuis des années. J'ai songé que, si les policiers avaient investi dans le dossier Mélanie Cabay seulement le dixième des ressources consacrées à l'affaire Cédrika Provencher, ils auraient peut-être obtenu des résultats. Je sais, c'est une pensée mesquine et, encore une fois, cela vous fait une belle jambe, à toi et à la petite Provencher. Tout de même, je n'ai pas pu m'empêcher de me demander qui décidait des priorités à la SQ. (Comme je n'ai pas pu m'empêcher de supposer, sûrement à tort, que l'hélicoptère serait resté au sol si Cédrika Provencher s'était appelée Cédrika Mattawashish.)

Ton image, donc, m'est revenue en tête pour la première fois depuis des années, et je me suis alors senti vaguement coupable d'être demeuré si longtemps sans penser à toi. C'est niaiseux, je sais, mais depuis l'été 1994 j'ai décidé qu'il était important que je n'oublie jamais Mélanie Cabay. Les aumôniers dans les salons funéraires aiment bien dire qu'une personne n'est pas tout à fait morte tant que l'on continue de penser à elle. C'est de la bullshit. Shakespeare, Proust, John Lennon et Alexandre le Grand sont aussi morts que le type enterré sous la cinquième pierre tombale de la troisième rangée au cimetière municipal de Repentigny, et dont le nom est peut-être Gratien Houde ou Réal Castonguay, ou enfin on s'en fout. Je sais que c'est de la bullshit, mais de le savoir ne m'empêche pas d'adhérer à cette bullshit. Tes proches continuent de penser à toi, bien sûr, mais il me semble que tu es un petit peu moins morte si de purs inconnus, comme moi, continuent aussi de penser à toi.

Soit, mais pourquoi toi ? Pourquoi est-ce que je t'ai repêchée dans le torrent de faits divers qui nous passe sous le nez jour après jour ? D'où vient que Chantal Brochu, Sébastien Métivier et Nicole Brown aient pu disparaître sans que je ne m'en émeuve, d'où vient que je n'aie jamais une pensée pour Bianca Caron (trouvée morte dans un boisé le 14 juillet 2000, au mont Saint-Grégoire), alors que je considère ta mort comme la preuve irréfutable de l'inexistence – ou de l'incompétence – de Dieu ?

Bon, il y a ça, il faut bien le dire : la première fois que j'ai vu ta photo dans le journal, à travers les comptes rendus des spectacles de la Saint-Jean-Baptiste, je t'ai trouvée tout à fait de mon goût. Tu n'étais pas une beauté spectaculaire, tu n'étais pas de celles dont on se retourne sur leur passage, mais tu arborais cette joliesse sobre qu'avaient presque toutes les filles à m'avoir fait des trous dans l'âme. Et je sais qu'à certains moments précis, dans les yeux de certains garçons, tu devenais la plus belle fille du monde. Et parce que les gens sont caves (les gars surtout, et moi le premier), on a tendance à trouver cela plus grave quand c'est une jolie fille qui disparaît.

Mais ce n'est tout de même pas une explication suffisante, ce n'est pas cela qui peut empêcher un clou de chasser l'autre, ce n'est pas pour cela qu'à l'hiver 2017 j'écris un livre sur Mélanie Cabay. Si ton image s'est imprimée dans mon esprit, j'imagine que c'est avant tout parce que tu ressemblais aux personnes qui comptaient pour moi à l'époque. Tu avais l'âge de Stéphanie Durand, mon ancienne blonde. Tu avais l'âge de Mélanie Gélinas, ma future blonde. Tu avais l'âge de Julie Parent, la fille dont j'aurais tellement voulu qu'elle soit ma blonde. Surtout, tu avais l'âge de ma sœur Marie. (Quand elles avaient dix-neuf ans, mes sœurs n'étaient pas des filles prudentes et tranquilles, elles étaient en plein le genre à monter en voiture avec un inconnu.)

J'écris ces lignes le 15 janvier 2017. C'est ton anniversaire demain. Tu aurais eu quarante-deux ans. Tes amis auraient inondé ton mur de vœux d'anniversaire, de GIFS et de vidéos amusants, d'émoticônes, de gâteaux et de confettis. Tu aurais répondu merci tout le monde, ça me touche, mais peut-être qu'au fond ça t'aurait fait un peu chier d'avoir quarante-deux ans. Et les perles de sagesse populaire du genre : « Ne regrette pas de vieillir, c'est un privilège refusé à beaucoup » ne t'auraient pas du tout consolée. Tu te serais dit que mourir jeune c'est quelque chose qui n'arrive qu'aux autres.